JN181983

~いっちゃんとキヨシちゃんが歩いた満州(まんしゅう)五五〇キロ~

お母ちゃんとの約束

文：望月　泉

絵・主人公：望月　郁江

もくじ

—満州の通化から、ふるさと静岡まで—

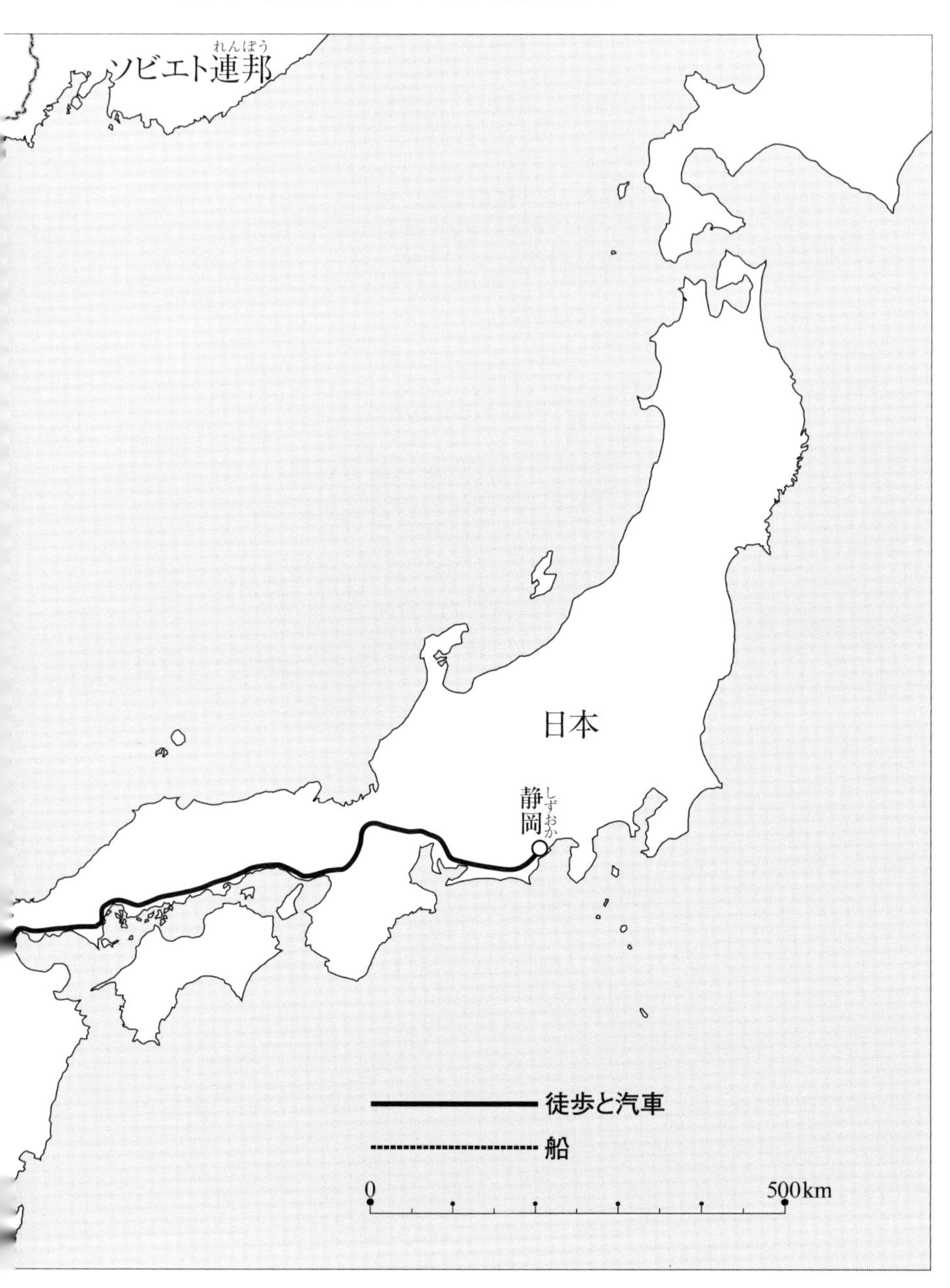

いっちゃんとキヨシちゃんの引き揚げ

この本は、「いっちゃん」の体験をもとに、こどもたちにも
わかりやすいように書き下ろした物語です。
登場人物は仮名です。
文中では中国大陸のことを、中国と表現しています。

プロローグ

平成二十八年（二〇一六年）正月：静岡（しずおか）

プロローグ

「さぁさぁ、おなかがすいたでしょ。おにぎりでも食べるかね？」

冬休みの最終日、寒さに負けじと外でボール遊びをしている五人の孫たちにばぁばが声をかけました。小柄(こがら)でとってもチャーミングなばぁばは今年で八十才。淡(あわ)いピンク色のセーターがとてもよく似合(にあ)います。

「やったあ！　おにぎりだって！」

「手を洗(あら)わなきゃ。」

「もう洗(あら)ったもん！」

「石鹸(せっけん)でしっかり洗(あら)ってないじゃん！」

われ先(さき)にとテーブルについたこどもたちは、ばぁばのおにぎりをめぐって大騒(おおさわ)ぎです。

「よっこらしょ。」

ばぁばも一番年下のカイ君の隣に座りました。

「いっただきまーす！」

「んー、おいしい！」

「ばぁばのおにぎりは、ママのと違うねぇ。白くて丸くて、ふわっふわ。」

「うん、白くて丸くて、ふーわふわ。」

ばぁばは、小さな声で「白くて丸いおにぎり……。」とつぶやくと、どこか遠くを見つめたまま、黙り込んでしまいました。

「ばぁば、どうしたの？」

「……白いおにぎりを見るとね、ばぁばが『いっちゃん』って呼ばれていたころを思い出すんだよ。」

「いっちゃん？　なんだか、かわいい。」

「……ちょうど、ばぁばがカイ君くらいの年のころだったねぇ。ばぁばは中国の満州というところに住んでいたんだよ。」

「まんしゅう？」

「そう、満州。そのころ日本は戦争をしていてね、アジアの国々にどんどん領土を広げていったの。中国の一部、北京のもう少し北のあたりからロシアの国境までの部分を日本が占領してね、『満州国＊』って呼ぶようになったんだよ。それでね、たくさんの日本人家族が次から次へと満州へ移っていったわけ。」

「へぇ、知らなかった。」

「ばぁばのお父ちゃんはね、設計技師だったんだけどね、設計技師っていうのは、道路や鉄道や橋、堤防やダムなんかを作るお仕事でね、今の

いっちゃんのお父ちゃんとお母ちゃん

＊満州国
昭和七年（一九三二年）に日本の関東軍が満州に建てた政権で、実質的に支配しました。昭和八年（一九三三年）の国際連盟の総会で満州国承認の取り消しと、日本軍撤兵が決議されました。これに対し、日本は国際連盟を脱退し

北朝鮮と中国の国境を流れる『鴨緑江』っていう大きな川に橋を架ける仕事を手伝ってくれってたのまれてね、ばぁばのお父ちゃん、お母ちゃん、妹や弟たちみんなで満州に住んでいたんだよ。でもね……。」

ばぁばは、哀しい目をして白いおにぎりをじっと見つめながら、ぽつりぽつりと話し始めました。

ばぁばが、いっちゃんと呼ばれていたときのことを……。

設計技師をしていたお父ちゃん

て、満州国を支配し続けました。

鉄道や鉱山、港湾、病院や学校など、満州国の開発が急ピッチで進められ、満州鉄道職員、教員、役人や軍人、商工業者などが家族ぐるみで移住し、満州の各地に日本人街が整っていきました。

また、満州という新天地で土地を切り拓いて農業をしようと、日本各地の農村から大勢の開拓団が満州へ渡って行きました。

おじいちゃん
おばあちゃん
ユキ姉ちゃん
お父ちゃん
ソウ兄ちゃん

静岡にて（昭和14年撮影）

ミサちゃん
お母ちゃん
いっちゃん

昭和十七年（一九四二年）暮れ：静岡～通化

キセル煙草と干しバナナ
おかえりなさい
お正月
いってきます
おじゃまします
まんしゅう

キセル煙草と干しバナナ

「もういくつ寝ると〜お正月♪」

縁側でひなたぼっこをしながら、*キセル煙草を吸うおじいちゃんの隣で大きな声で歌っているのは、いっちゃんです。幼稚園の年長さんになったいっちゃんは、お正月が待ち遠しくて待ち遠しくて、年がら年中「もういくつ寝ると――♪」と歌っています。お正月になったら、お父ちゃんやお母ちゃんが満州から帰って来るからです。

いっちゃんのお父ちゃんは設計技師です。いっちゃんが三才になったころ、「鴨緑江」という大きな川に橋を架ける仕事をするために、満州に渡ることになりました。

*キセル煙草
たばこを吸う道具の一つ。先の火皿に刻みたばこを詰め、細長い柄の部分を持ち、吸い口から煙を吸います。

お父ちゃんは、お母ちゃんと二才のミサちゃんだけをつれて行くことにしました。

「いっちゃんはお姉ちゃんだから、お利口にお留守番しているんだよ。」

お父ちゃんに言われて、いっちゃんは静岡のおじいちゃんの家に一人残されました。いっちゃんはおじいちゃんのおうちでみんなの言いつけをしっかり聞いて、毎日お利口にお留守番をしていました。

　いっちゃんは、毎日いとこのマサキちゃんと手をつないで幼稚園から帰ってきます。元気よく玄関の戸を開けながら、「ただいま！　お父ちゃんとお母ちゃん、帰って来たぁ？」と聞くのが、いっちゃんの口ぐせでした。

　おとどしのお正月にみんなが帰ってきたときには、弟が一人増えていました。キヨシちゃんです。いっちゃんは、弟や妹といっしょに遊ぶの

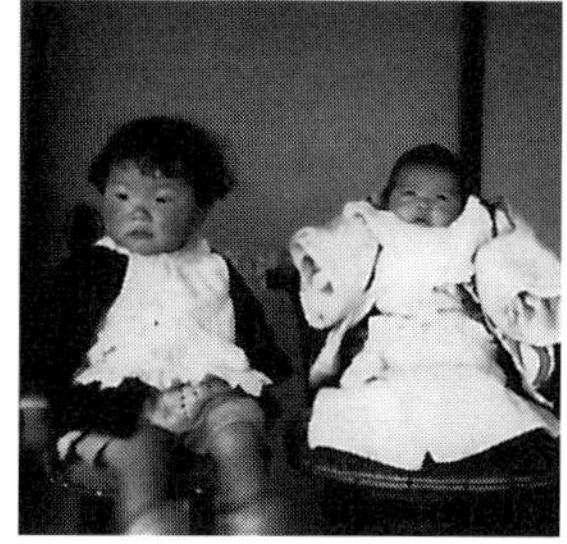

いっちゃん（2才）とミサちゃん（4カ月）

が待ちきれません。幼稚園（ようちえん）で習った歌も早く教えてあげたくてしかたがありません。
「あといくつ寝（ね）たら帰って来るの？」と聞いては、毎日おじいちゃんを困（こま）らせました。おじいちゃんは、いっちゃんにさびしい思いをさせまいと、おやつを食べ終わるのをみはからっては、「さて、散歩に行くか？」とさそってくれました。

右側にいっちゃん、左側にマサキちゃん。二人は、キセル煙草（たばこ）の匂（にお）いのするおじいちゃんのごつごつした手をにぎって出かけます。おじいちゃんは、あぜ道のつくしをつんでくれたり、メダカやおたまじゃくしをとってくれたり、草の先に止まったトンボの目の前で指をくるくる回したり……。

おじいちゃんと出かける散歩は、まるで宝（たから）さがしのようでした。

夕方になると、マサキちゃんはお迎えに来たお母さんといっしょに帰っていきます。

「いっちゃん、また明日遊ぼうね。」

「うん、またね。」

お母さんと手をつないで歩くマサキちゃんの後ろ姿を見送りながら、いっちゃんは、ふと見上げた夕焼け空がなんだかやけにさびしくて、胸がきゅんっとなることがありました。そういうとき、いっちゃんは、おばあちゃんの背中に抱きつきます。

「おばあちゃん、いっちゃんのお母ちゃんはどうしていっしょにいないの？　いつお迎えに来てくれるの？　会いたいよう。お母ちゃんとお手々をつなぎたいよう。」

ぐずるいっちゃんを、おばあちゃんは優しく抱いて、「かぁらぁす――なぜ鳴くの♪　からすは山に――♪　かわいい七つの子があるからよ――♪」

と、歌ってはさびしい心を温めてくれるのでした。

高校生のソウ兄ちゃんは、お風呂の中で、数の数え方や「アイウエオ」を教えてくれました。歌もいっぱい歌いました。ソウ兄ちゃんのお陰で、いつの間にか時計も読めるようになっていました。

洋裁学校に通っていたユキ姉ちゃんは、おしゃれな洋服をたくさん作ってくれました。

「いっちゃんが好きな桃色のお洋服を作ってみたよ。ちょっと着てみて!」

「わーい、ぽっけが二つある!　両方のお手々が入るよ!」

「あら、ぴったり!　今度はこの上に着るオーバーを作ってあげるからね。」

いっちゃんはユキ姉ちゃんの手作りの洋服を着て、毎朝、得意顔で幼稚園に出かけて行くのでした。

幼稚園でおゆうぎ会があるときは、必ずおばあちゃんが見に来てくれました。そして、おゆうぎ会が終わると、マサキちゃんと三人で手をつないで帰ります。

「二人とも間違えないで上手におどれたっけねぇ。『かもめのすいへいさん』、かわいいっけよ。はい、ごほうび。」

そう言って、おばあちゃんは巾着袋から小さなハンカチの包みを取り出して、いっちゃんとマサキちゃんに渡します。

「おばあちゃん、ありがとう！」

二人は大喜びです。

留守番中のいっちゃん（左端３才半）ソウ兄ちゃん（右端）、ユキ姉ちゃん（ソウ兄ちゃんの左）と一緒に。

ハンカチの包みを両手で大事そうに受け取ったいっちゃんは、包みをあける前にまず目をつぶります。そして、匂いをかいで中身を確かめます。予想通りの甘い香りが、いっちゃんの鼻からのどを通って胸いっぱいに広がっていきます。

おばあちゃんがごほうびにくれるおやつは、必ず決まって干しバナナでした。見慣れた干し柿や干し芋ではなく、干したバナナです。おばあちゃんが、特別なときだけ、どこからか手に入れてくれるこの甘酸っぱい高級なおやつを、いっちゃんは、ひとかけらずつ、もったいぶってちびちびと食べるのでした。

おかえりなさい

年の瀬がだんだん近づき、日々、あわただしくなってきた暮れのある日、「ただいま！」と、いっちゃんがいつものように元気よく幼稚園から戻ってきました。

「お父ちゃんとお母ちゃん、帰って来た？」

「まだだなぁ。」

縁側に座って、キセル煙草の煙をふぅっと吐きながら答えるおじいちゃんの返事は、今日も同じです。

がっかりしながらカバンを下ろしたいっちゃんは、おじいちゃんのそばでマサキちゃんと遊び始めました。

「いちかけ、にかけて、さんかけて―♪」

お手玉の中の小豆がシャリシャリといい音です。お母ちゃんが満州に行く前に作ってくれた、たわら型の色とりどりのお手玉です。いっちゃんは、シャリシャリという音を聞くと、お母ちゃんとお話をしているような気分になるのでした。

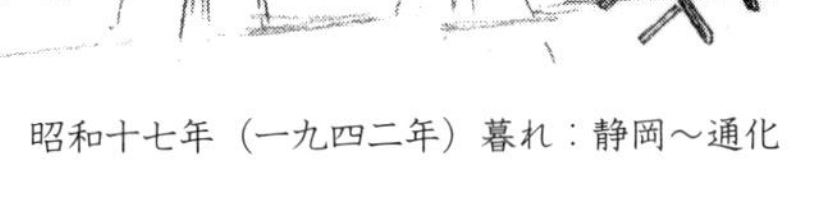

おばあちゃんが、夕飯の準備を始めました。いっちゃんは、かまどで火起こしの手伝いをたのまれました。

「ふぅっ！　ふぅっ！」

竹づつを一生懸命吹いているうちに、煙で目がチクチク痛くなってきました。がまんできなくなったいっちゃんは、勝手口から外に飛び出して目をこすりました。少し目をあけると、うっすらと何人かの人影がぼーっと浮かびました。

「あれ？　だれ？　おばあちゃん！　だれか来るよ！」

男の人が大きく手を振っています。

「あ！　お父ちゃんだ！　帰って来た！」

お父ちゃんとお母ちゃんの間を歩いているのはミサちゃんです。お父ちゃんの真似をして手を振っています。お父ちゃんが抱っこしているのはキヨシちゃんです。

いっちゃんは、全力で駆け出して行きました。

「お父ちゃん！　お母ちゃん！」

いっちゃんはピョンピョン飛び跳ねながら大声で叫びました。

「よかった、よかった。」

と言いながら、おじいちゃんとおばあちゃんも玄関先に出てきました。

「ただいま帰りました。お元気そうで何よりです。娘に加え、しばらく大人数でお世話になります。」

お父ちゃんは、おじいちゃんとおばあちゃんにていねいにあいさつをし、今度はいっちゃんの方に向き直り、おかっぱ頭をなでながら言いました。

「いっちゃん、ただいま。お留守番、ごくろうさま。」

ミサちゃんが、お父ちゃんの足にしがみついて、後ろから恥ずかしそうに顔をのぞかせています。いっちゃんと目が合うと、くすっと笑いました。いっちゃんもにこっと笑い返しました。

「いっちゃん、ただいま。お留守番、ありがとう。また少し背が伸びたわねぇ。」

お母ちゃんはねんねこ*を羽織っています。そのねんねこの中では、七カ月になるヒロちゃんがすやすや寝ていました。いっちゃんは四人きょうだいのお姉ちゃんになっていたのです。

この日の夕食はとってもにぎやかでした。二つ並べたちゃぶ台を囲んで、満州の最近のようすや仕事のことをお父ちゃんが話してくれました。

楽しい会話で盛り上がる夕食、内地の白米はやっぱり美味しいと、小さなキヨシちゃんまでご飯をお代わりして食べたので、おひつは空っぽ

*ねんねこ　赤ちゃんをおぶったときに、冬に上から羽織るはんてん。

になりました。

その晩のお風呂は、いっちゃんはお父ちゃんといっしょに入りました。お湯につかりながら、幼稚園で習ってきた新しい歌を、いっぱい聞かせてあげました。

お風呂から出て、おじいちゃんとおばあちゃんに「おやすみなさい。」を言うと、いっちゃんはヒロちゃんを寝かしつけていたお母ちゃんの隣にもぐりこみました。ふわっとお母ちゃんの優しい香りがしました。

「お母ちゃん。」

いっちゃんは、お母ちゃんにすり寄り、布団の中でお母ちゃんの手をさがしました。温かくて柔らかいお母ちゃんの手。いっちゃんはぎゅっとにぎりました。お母ちゃんもぎゅっとにぎり返してくれました。

幸せいっぱいの夜でした。

いっちゃん（5才）と
ミサちゃん（3才半）

お正月

そして迎えたお正月、お雑煮（ぞうに）やおせちを食べたり、凧（たこ）あげをしたり、羽子板をついたり、石けりをして、にぎやかに楽しく過ごしました。集合写真も撮（と）りました。

お母ちゃんは、台所を手伝ったり針（はり）仕事をしながら、いっちゃん、ミサちゃん、キヨシちゃんが仲良く元気に遊ぶ姿に顔をほころばせます。

クラシック音楽が好きなお父ちゃんは、静かな奥（おく）の部屋にじっと座（すわ）って*蓄音機（ちくおんき）でレコードを聴（き）いていることがよくありました。そんなとき、いっちゃんは、音を立てないように静かに近づいていきます。お父ちゃんのひざの上に抱（だ）かれて音楽を聴（き）くのが大好きでした。

*蓄音機（ちくおんき）　レコード盤（ばん）で音楽を聴（き）くときに使われた道具。

そして三が日も明けたある日の夜、夕飯を食べ終わったころ合いを見て、お父ちゃんが切り出しました。

「いっちゃんもあと少ししたら一年生。だから、お父ちゃんたちが満州に帰るとき、今度はいっちゃんもいっしょに行こう。四月からは満州の*国民学校の一年生になるんだ。」

「わたしもいっしょに行けるの？　お留守番しなくてもいいの？　おじいちゃんとおばあちゃんもいっしょに行くの？」

「おじいちゃんとおばあちゃんのおうちはここだ。だから、おじいちゃんたちは行かないんだよ。」

お母ちゃんの方を見ると、優しくうなずいています。

「おじいちゃんとおばあちゃんは、みんなが戻ってくるのを待っているから。満州に行ったら一年生。楽しみでいいな、いっちゃん。」

*国民学校　一九四一年の国民学校令によって設立された学校で、初等教育と前期中等教育を行っていました。

とおじいちゃんが言いました。

「そっか、これからは毎日お母ちゃんのお手々をにぎって眠(ねむ)れるんだ。」

そう思ったいっちゃんは、まだ行ったことのない「まんしゅう」という所で始まろうとしている、家族そろっての生活を思い浮かべ、わくわく、ドキドキしてきました。

いってきます

数日後、ついに満州(まんしゅう)に出発する日が来ました。朝食を終え、庭でけんけんぱをして遊んでいるいっちゃんとミサちゃんを、縁側(えんがわ)からお母ちゃんが呼びました。

「いっちゃん、ミサちゃん、おうちに入ってお着がえをしてください。今日は特別きれいなお洋服よ。」

「はーーーい！」

中に入ると、ユキ姉ちゃんが作ってくれたおそろいの赤い洋服がたたんでおいてありました。着がえたミサちゃんは、

「お出かけ♪　お出かけ♪」

とスカートのすそをふくらませながら、たたみの上をクルクル回っています。玄関先(げんかんさき)で二人並んで記念写真を撮(と)りました。

「いっちゃん、リュックサックを一つお願いいね。」

「はーーーい。」

あともう少しで一年生に上がるとはいえ、小柄(こがら)ないっちゃんにとっては、とっても重く大きな荷物です。

「おっとっとー。」

後ろにひっくり返りそうになりました。お母ちゃんの

いっちゃん（6才半）、ミサちゃん（4才）

背中にはヒロちゃんがおぶさり、二才半のキヨシちゃんはお母ちゃんと手をしっかりつないでいます。


　お父ちゃんは、仏壇に手を合わせて、ご先祖様にお別れをしました。靴ひもをていねいに結んでから、重そうな大きな荷物を背負いました。

「お父さん、お母さん、いろいろお世話になりました。行ってまいります。どうかおたっしゃで。」

　お父ちゃんとお母ちゃんは、おじいちゃんとおばあちゃんに向かって深々と頭を下げました。

「おじいちゃん、おばあちゃん、いってきます！　お手紙、書くからね。まんしゅうに遊びに来てね。」

　おばあちゃんが、

「いっちゃんも元気にがんばるんだよ。これを途中でおやつにね。」

と、ハンカチの包みをいっちゃんに渡しました。包みに鼻を近づけると、ふわんと甘い香り。

「干しバナナだ！　ありがとう、おばあちゃん！」

お父ちゃんとお母ちゃんは、もう一度深く頭を下げました。

しばらく歩いて後ろを振り返ると、おじいちゃんとおばあちゃんがまだ玄関先に立っていました。おばあちゃんは、着物のたもとで目頭を押さえています。

「いってきまぁす！」

いっちゃんは大声で叫びました。

「いってきまぁす！」

ミサちゃんも叫びました。

「真似っこき！」

二人は顔を見合わせてケラケラと笑いました。

静岡駅(しずおかえき)から列車に乗り、いくつものトンネルを通り、いくつもの駅に停まり、やっと降(お)りたと思ったら、今度は大きな船に乗りました。はしゃいでいたこどもたちも、四日も五日も船に揺(ゆ)られてもうくたくたでした。

「まだかなぁ。」

退屈(たいくつ)しのぎに、いっちゃんはお父ちゃんと甲板(かんぱん)に出て、広い海原を眺(なが)めていると、だれかが叫(さけ)びました。

「おーい！　陸地が見えるぞ！」

いっちゃんが目をこらしてみると、はるか向こうに確(たし)かに陸地が見えてきています。

「あれが、まんしゅう？」

「そうだ。あれが満州(まんしゅう)だ。いっちゃんのおうちが待ってるぞ。」

おじゃまします

いっちゃんは、生まれて初めて満州の土を踏みました。なんだか風の香りも日本とは違って感じます。

そこからまた列車にごとごと揺られ、うとうとしたり、おやつを食べたりしているうちに、やっとのことで「通化」という駅に着きました。駅の改札口を出ると、大通りにはたくさんのマーチョ*（馬車）が並んで待っていました。いっちゃん一家がマーチョに乗り込むと、馬は勢いよく走り出しました。

「うっ、寒い！」

一月の満州はオーバーコートを着てもまだ寒く、ほろ付きのマーチョとはいえ、顔に当たる風が冷たすぎて、いっちゃんとミサちゃんはぴっ

*マーチョ　馬車の中国語読み。いっちゃんは馬車のことをマーチョと呼んでいたので、本書でも「マーチョ」と表記します。

たりくっついて首をすくめ、下を向いていました。

十五分ほど走るとマーチョが止まりました。「*通化省通化市興隆街」にあるお父ちゃんの会社の社宅です。いっちゃんにとっては初めて見るおうちです。いっちゃんは、「おじゃまします。」と小さな声であいさつをして、ひっそりとしたおうちの中に恐る恐る一歩だけ入ってみました。後ろからミサちゃんとキヨシちゃんが、「ただいま!」と元気に入って来て、靴をぽんぽんと脱いで上がっていきました。

中を見回すと、せまいけれど、ふすまやたたみもある普通の日本の家屋でした。

「いっちゃん、こっちこっち。」

ミサちゃんの案内で家の中をぐるりと一周したあと、二人は勝手口から裏に出ました。裏には谷間が広がり、その向こうには村が見えます。

*通化省
満州国時代に存在した省で、現在、通化市は吉林省内にあります。

いっちゃんは、青空を見上げ、目をつぶって、満州（まんしゅう）の冷たい冬の空気を胸（むね）いっぱいに吸（す）い込（こ）みました。満州（まんしゅう）で始まろうとしている新しい生活に、まだ七才にも満たないいっちゃんの心はおどりました。

まんしゅう

通化（つうか）についた数日後、いっちゃんは、お父ちゃんについて市の中心地に出かけました。そこは立派（りっぱ）な日本人街で、日本語の看板（かんばん）を上げた商店や飲食店が軒（のき）を並（なら）べていました。郵便局（ゆうびんきょく）も病院も銀行もありました。*かっぽうぎを着たおばさんが買い物かごを下げて野菜を買い求めていたり、日本の兵隊さんが馬で移動（いどう）したりしていました。あちらこちらから日本語（にほんご）が聞（き）こえてきます。まるで日本にいるようです。

*かっぽうぎ　着物がよごれないように使われたエプロンのようなもの。

そして四月。満州で迎えた初めての春。いっちゃんは日本人のこどもたちが通う国民学校に入学しました。学校へは歩いては通いません。お父ちゃんが雇っている中国人のおじさんがマーチョで送り迎えしてくれるのです。満開の桜並木の花道を通って、いっちゃんは毎日楽しく学校へ通いました。

お母ちゃんと、いっちゃん、キヨシちゃん、ヒロちゃん

学校では日本語の読み書き、そして、学校の外では中国語が自然に身についていきました。マーチョのおじさんが中国語で数の数え方を教えてくれました。

「イー、アー、サン、スー、ウー、リウ、チー、パー、ジウ、シー。」

いっちゃんは得意顔で一から十までを何度も何度もくり返しました。放課後は、裏の谷に咲いているタンポポやシロツメグサをつんで、ミサちゃんやお友だちといっしょに髪飾りやかんむりを作って遊びました。

いっちゃんたちは、中国人のおじさんやおばさんが、てんびん棒にかごをつり下げて売り歩いているおやつが大好きでした。サツマイモのおやつからは、甘そうな汁がしたたり落ちるほどです。

でも、お父ちゃんは買うのをゆるしてくれません。

あるとき、いっちゃんが中国人のおじさんから*マントウを買おうとしているところを、お父ちゃんに見つかってしまいました。

「そんなものを買って食うんじゃない！　マントウは*毛唐らが食うもんだ！　日本人が食うもんじゃない！」

こっぴどく叱られて、うなだれるいっちゃん。そんなとき、お母ちゃんは小声で「お口をあけてごらん。」と言って、*こんぺいとうを一粒ころんと口の中に入れてくれるのでした。

満州に来て二度目の長い冬が終わりかけ、雪が少しずつとけ始めたころ、いっちゃんは二年生になり、ミサちゃんは一年生に上がりました。二人は、お母ちゃんが作ってくれるお弁当を下げて、毎日元気に学校に通いました。そして、そのころ、弟がまた一人増えました。シゲちゃんです。いっちゃんとミサちゃんは、毎日学校から帰って来ると、三人の

*マントウ
トウモロコシの粉で作った黄色いずっしりとした蒸しパンのようなもの。味はほとんどないけれど、おなかがふくれます。小麦粉を使った白いマントウもあり、具や餡は入っていないのが普通です。

*毛唐
当時、敵国の外国人に対して使われていた差別用語です。明治生まれのお父ちゃんは、アメリカ人もイギリス人も中国人も朝鮮人も、当時敵国だった国の人のことをみんな「毛唐」と呼んでいました。

*こんぺいとう
星のような形をした砂糖菓子

弟たちの面倒をみたり、お母ちゃんの手伝いをいっぱいしてあげました。

近所に住むお父ちゃんの仕事仲間の赤井さん夫婦も、忙しいお母ちゃんを、いつも助けてくれました。

「かぼちゃをたくさん煮たから、食べてちょうだい。」

「お豆がたくさん手に入ったから、おすそわけよ。」

こどもの多いいっちゃん一家を何かと気にかけてくれます。赤井さんのところはこどもがいなかったので、ミサちゃんを養女に出してもらえないかとお父ちゃんに話をもちかけるほど、ミサちゃんのことを特に気に入っていました。

日本から遠く離れていたけれど、満州の日本人居住区では、みんなご近所仲良く助け合い、戦時中とはいえ、食べ物もそれなりに手に入り、とてものどかで穏やかな日々を過ごしていました。

昭和二十年（一九四五年）夏：通化

日本が負けた日
大きな大きな穴
空っぽの家
小さなお母ちゃん
追われる避難民たち

日本が負けた日

昭和二十年八月十五日、こどもたちにとっては、普段と変わりのない暑い夏の日でした。勝手口から見える裏の谷間には、太陽に照らされたヒマワリがいつも通り金色にまぶしく輝いていました。その日は朝から赤井のおじちゃんとおばちゃんが訪ねて来て、おとなは何やらそわそわ落ち着かないようすでした。

そろそろお昼ごはんの時間というときに、お父ちゃんがこどもたちを集めました。

「ここに座りなさい。」

茶だんすの上にあるラジオの前に、赤井さん夫婦が座っていました。

いっちゃんたちもその隣に並んで正座しました。お父ちゃんもお母ちゃんも正座し、神妙な面持ちでラジオ放送が始まるのを待っています。すると突然ラジオ放送が始まり、雑音の中に、男の人の声が流れてきました。何やら難しい言葉ばかりで、いっちゃんにはさっぱりわかりません。

お父ちゃんたちの方をちらりと見上げてみると、みんなの顔がこわばっていました。何か重大なことが発表されたことは、こどものいっちゃんにも察しがつきました。

ぶつりと放送が切れて、沈黙がしばらく続いたあと、お父ちゃんが声をしぼり出すように言いました。

「日本が負けた……。」

何年もの間、日本軍の活躍が新聞の見出しを大きく飾り、「神の国・日本」は必ず勝つとみんな信じていました。

ところが、日本は負けたと……。

八月十五日の日本の敗戦で満州国は日本のものではなくなり、それと同時に、「上に立つ日本人」と「使われる側の中国人」という関係もくずれました。

中国人のそれまでの不満が爆発し、大小いろいろないざこざが、あちこちで起き始めました。

いっちゃんとミサちゃんは、国民学校に通えなくなりました。いっちゃんに中国語を教えてくれたマーチョのおじさんも、八月十五日をさかいに来なくなりました。

お父ちゃんの土木事務所も閉鎖され、生活するために別の仕事をさがさなければならなくなり、お母ちゃんもときどき仕事に出るようになりました。

日本人が経営する商店街は店を閉め、外を出歩く日本人の数がぐっと減りました。それまでよく見かけた日本の兵隊さんの姿もなくなり、活気のあった日本人街が急にひっそりとしました。

郵便局や銀行も閉められてしまったので、お金を引き出すこともできなくなり、現金を手に入れるため、身の回りにある着物や鍋、布団などの生活用品を売って、わずかばかりのお金に換え、一日一日を生きのびるのにみんな必死でした。

いっちゃんの家でも、お母ちゃんのきれいな着物が一枚、また一枚と減っていきました。

終戦をさかいに、満州にいた日本人の生活は、天と地をひっくり返したように激変しました。終戦と同時に新たな「戦争」が始まったのです。

大きな大きな穴

ある日、いっちゃんがお母ちゃんといっしょに洗濯物を取り込んでいたときのことです。突然、飛行機の音が聞こえてきました。満州にいて空襲経験のないいっちゃんにとっては、聞き慣れない音です。近所のこどもたちも珍しがって家の外に出てきました。

「どこの国の飛行機かなぁ。」

太陽の光でピカピカ光りながら飛び去る飛行機を、こどもたちはじっと眺めていました。いっちゃんは家の中に入って、お母ちゃんの隣で、からからに乾いたおしめをたたみ始めました。すると、また飛行機が近づいてくる音が聞こえました。

「また来たよ！」

ミサちゃんとキヨシちゃんは、窓（まど）から身を乗り出して、飛行機の姿（すがた）をさがしています。

そのときです。

ドッカーン！

今まで聞いたこともない大爆音（だいばくおん）がして、家全体がミシミシと音をたてて大きく揺れたのです。

「きゃー！」

いっちゃんはびっくりして、耳をふさいでお母ちゃんのひざに体を伏せました。ミサちゃんとキヨシちゃんは窓（まど）から吹（ふ）っ飛び、たたみの上に体を丸めています。怖（こわ）くて怖（こわ）くてみんなじっとしていました。どのくらいの時間がたったでしょうか。静けさが戻（もど）り、恐（おそ）る恐（おそ）る顔を上げて周りを見渡（みわた）しました。

何やら外がだんだん騒がしくなってきました。一体何が起こったのでしょう。いっちゃんは玄関先まで出てみました。人だかりの方に目をやると、なんと、斜め前の道路のど真ん中に大きな大きな穴があいていたのです。爆弾が落とされたのでした。

「お母ちゃん、木村さんの家の向こう側に大きな穴があいてる！」

けが人もなく、家も壊れずにすんだのが、不幸中の幸いでした。

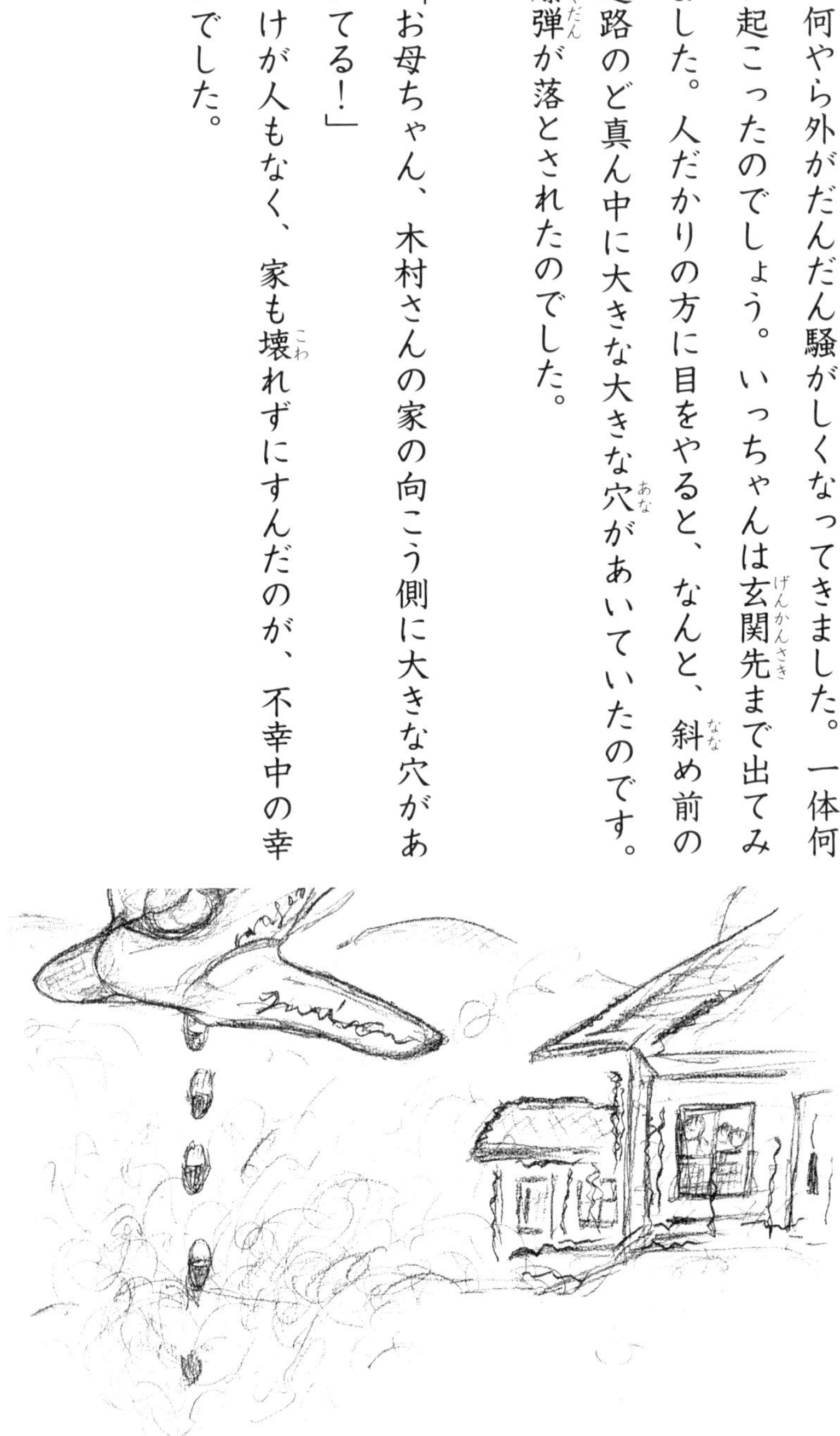

空っぽの家

日本が負けてからというもの、満州は日に日に治安が悪くなっていきました。

早く日本に帰りたい……。

ところが、引き揚げ*に関する情報は、待てど暮らせど入ってきません。

それでも、みんなは希望を捨てず、いつでも日本に帰れるようにと、大切な荷物を行李*や風呂敷やリュックサックにまとめ、床下や天井裏などに隠しておきました。

お金は枕の中に入れたり、着物のえりもとに縫い付けて、盗まれないように工夫をこらしていました。

＊引き揚げ
日本の敗戦まで、本土以外の植民地や占領地で暮らしていた日本人が日本本土に戻ってくることをいいます。敗戦の日に突然、居場所を失ったいっちゃんたち多くの日本人は、異国となった満州に取り残されたままの状態でした。

＊行李
竹や籐などを編んで作られたふた付きのかご。衣類や身の回りの物を収納したり、旅行するときの荷物入れとして使われました。

その日は、お父ちゃんもお母ちゃんも、日雇い（やとい）の仕事に出かけて留守（るす）でした。いっちゃんが弟や妹の相手をしていると、

バン！

突然（とつぜん）、玄関（げんかん）の戸が開きました。

「だれ？」

驚（おどろ）いていっちゃんが振（ふ）り向くと、中国の軍人たちがつかつかと靴のまま家の中に上がってくるところでした。どの軍人も無表情（むひょうじょう）のままです。

いっちゃんは怖（こわ）くて声が出ません。こどもたちは部屋の隅（すみ）に一つにかたまって、身を寄（よ）せ合いながらおびえて、がたがたと震（ふる）えていました。

軍人たちは家中をあさり始め、たんすの中やたたみの裏（うら）まで、手当たり次第ひっくり返していきます。しばらく物色していた軍人たちは、勉強机（づくえ）や茶だんすなど、家具を全部外に出して持っていってしまいました。

運悪く床下に隠してあった風呂敷包みも取り上げられてしまいました。しかし、天井裏に隠した行李一つと、大きなリュックサック二つだけは何とか無事でした。実際に軍人たちが家の中にいたのは短い間だったのかもしれませんが、いっちゃんには二時間にも三時間にも感じられた恐怖の時間でした。

やっとのことで軍人たちが去り、空っぽになった家の中は急に静かになりましたが、だれも声を出すことができません。一才半のシゲちゃんが「ふにゅふにゅ」と弱々しく泣き出したお陰で、やっとみんな正気にもどり、顔を見合わせました。みんな汗でぐっしょりでした。

しばらくすると、お母ちゃんが仕事から戻ってきました。

「ただいま。」

戸を開けたとたん、ただ事ではないと一瞬で分かりました。家財が全部なくなり、たたみはひっくり返り、いろんなものが散らかり放題の家の中。

「いっちゃん、ミサちゃん、キヨシ、ヒロちゃん、シゲちゃん！」

お母ちゃんは、気が狂ったようにこどもたちをさがしました。

「お母ちゃぁん！」

廊下のすみの方で、一つにかたまっておびえているこどもたちを見つけると、お母ちゃんは、体中の力が抜けて、へなへなと土間に座り込んでしまいました。

小さなお母ちゃん

混乱した満州で、お母ちゃんは六人目の赤ちゃんを産みました。予定日よりずっと早く生まれたので、とってもちっちゃな女の赤ちゃんでした。ところが悲しいことに、お母ちゃんのおっぱいを吸（す）う力もない赤ちゃんは、その夜遅（おそ）く、静かに息をひきとりました。

翌朝、お父ちゃんは家の裏（うら）にひっそりと火をたいて、赤ちゃんを荼毘（だび）に付し、小さな小さな骨（ほね）を拾って壺（つぼ）の中におさめました。いっちゃんはシゲちゃんをおんぶしながら、お父ちゃんの悲しそうな背中（せなか）を見つめていました。

赤ちゃんを産んでからというもの、お母ちゃんの具合が思わしくなく、寝床（ねどこ）からなかなか起き上がることができなくなりました。そんなお母ちゃんに代わって、九才のいっちゃんが炊事（すいじ）や洗濯（せんたく）、そして子守りを一手に引き受けることになりました。小柄（こがら）ないっちゃんですが、一番上のお姉ちゃん。「小さなお母ちゃん」の誕生（たんじょう）です。

朝ごはんの後片づけが終わると、次は寝床にいるお母ちゃんのところまでたらいを運び、バケツを持って行ったり来たりしながら、たらいに水を張ります。

「よいしょ、よいしょ。」

水がこぼれないように気をつけて運びます。たらいに水が張れたら、布団に座ったお母ちゃんといっしょに話をしながら、洗濯板でごしごしごしごし……洗濯の時間です。

洗濯物を洗い終わったら、今度は外に持って行ってじゃぶじゃぶとゆすぎます。ときどきミサちゃんも手伝ってくれました。

ゆすぎ終わると、今度は背伸びをしながら、シャツやおしめを竿に干します。シゲちゃんをおんぶした九才のいっちゃんにとっては、かなりの重労働でした。

夕方になると、ぐずぐずむずがるシゲちゃんをまたおんぶして、家の裏で夕飯の支度に入ります。

油が入っていた一斗缶をかまど代わりにして、薪をくべてお鍋をかけるのです。このころはもう食べ物もそれほど手に入らなくなっていたので、コウリャンとうもろこしのお粥の日が続きました。コウリャンはどんなに長くぐつぐつ煮ても硬いお粥にしか炊き上がりません。

「白いごはんをお茶碗に山盛り一杯食べたいなぁ。」

みんな、いつもおなかをすかせていました。

追われる避難民たち

いっちゃんの家族は幸い社宅を追い出されることなく、ずっと同じ家に住み続けることができましたが、満州の北部にいた日本人たちは、終戦の直前に北から攻め入ってきたソ連軍*からのがれるため、南方の大きな都市を目指してどんどん避難してきていました。

通化でも、以前校舎だった建物や旅館などに大勢の避難民が寝泊まりしていました。

いっちゃんはお父ちゃんから、命がけで逃げてきた開拓団の人たちの話を聞きました。

開拓地を出る前に鎌や青酸カリを団長さんから渡され、もし逃げ切れなかった場合には、捕まる前に自決するようにと教え込まれたというこ

*ソ連軍
　昭和二十年(一九四五年)八月九日、終戦の一週間ほど前、ソ連が日ソ中立条約を一方的に破って日本に宣戦布告し、国境から満州に攻め込んできました。
　満州北部に住んでいた日本人は、ソ連軍の襲撃からのがれるため、家も畑も捨てて逃げました。八月十四日に起きた葛根廟(かっこんびょう)事件では、千人以上の避難民がソ連軍の一斉射撃を浴び、戦車で轢き

と。避難の途中で絶望のあまり、何十人、何百人という単位で、多くの集団自決があったということ。女の人たちは、身を守るために、髪を短く刈り、顔に炭や泥をぬって、男の人のような姿で逃げていたこと。逃げている途中で、自分の赤ちゃんが泣き止まないので、見つかるのを恐れて、赤ちゃんの口をふさいで殺してしまわなければならなかったお母さんもいたこと。足手まといになるこどもたちを泣く泣く中国人にあずけたり売ったりした家族もあったこと。途中で親を亡くしたり、迷子になったりして、こどもだけで逃避行を続ける孤児もたくさんいたことなど……。

避難してきた人たちは、ほとんど荷物も無く、着のみ着のまま、人によっては麻袋をまとった状態で命からがら逃げてきていますから、いっちゃんたち以上に毎日が命がけでした。

殺されたと言われています。

終戦直前に現地で召集された人や一般の在満日本人男性も含め、約六十万人もの日本人がシベリアに抑留され、極寒の中、過酷な捕虜生活を強いられ、飢えと疲労と寒さで多くの犠牲者が出ました。

寒い冬がめぐってきて、農作物があまりとれなくなると、その日に食べるものさえ手に入らなくなりました。体の弱い人や体力のないこどもやお年寄りが病気や栄養失調で次々と倒れていきました。また、チフスなどの伝染病が流行し、毎日何人も亡くなっていきました。

命尽きた人を埋めてあげたいのですが、あいている土地がありません。もう、どこもかしこも土まんじゅう*でぼこぼこになっていたのでした。

寒い冬には、穴を掘りたくても地面が凍りついて掘れず、遺体に土や枯葉をかけてあげることしかできません。すると野良犬や狼に掘り返されて、かわいそうな姿がむき出しになっていることもよくありました。

いっちゃんの家の裏の谷間にも、日に日に土まんじゅうが増えていきました。そして、夕方になると、青白い火の玉がシューッ、シューッと飛び交うのでした。

*土まんじゅう
遺体を焼かずにそのまま土葬するときに、掘った土を上に盛り上げて、まんじゅうのような形になっている墓。

昭和二十一年（一九四六年）冬：通化（つうか）

旧正月の大事件（じけん）
お父ちゃんだ！
シゲちゃん

旧正月の大事件

終戦から四カ月がたち、静かに年が明けました。昭和二十一年になりましたが、お正月をお祝いする雰囲気はどこにも感じられませんでした。お正月のための特別な食べ物や着物も一切ありません。いっちゃんの家では、この日も相変わらずコウリャンのお粥でしたが、お正月ということで特別にサツマイモが少しだけ混ざっていました。

それから一カ月ほどたった二月三日のことです。この日は中国の春節、旧正月の日でした。そんな特別な日に、通化市で大事件が起こりました。後に「通化事件」と呼ばれるこの事件では、全く関係のないたくさんの日本人が巻き添えをくう結果となりました。いっちゃん一家も例外ではありませんでした。

　二月三日の朝、急に外が騒がしくなり、突然、玄関の戸が乱暴に開き、中国人の兵隊が何人も土足でずかずかと上がってきました。いっちゃんたちはお母ちゃんに抱きつきました。兵隊がお父ちゃんに向かって何かどなっています。そして、お父ちゃんの両腕を乱暴につかんで立ち上がらせ、引っ張っていこうとしました。

「やめてください！」

　お母ちゃんが叫ぶと、兵隊はお母ちゃんをぎろりとにらみ、ちゃぶ台代わりに使っていたリンゴ箱を足でひっくり返しました。つかまれた腕を振りほどこうとお父ちゃんが抵抗すると、着ていた寝巻きをはぎ取られ、ふんどし一丁の姿にさせられました。

　お父ちゃんが抵抗すると、容赦なく肩や背中を銃でなぐりつけてきます。お父ちゃんの背中には痛々しい真っ赤な二本の太い線がみるみるうちに浮き上がりました。いっちゃんとミサちゃんとキヨシちゃんとヒロちゃんは、シゲちゃんを抱くお母ちゃんにぴったり寄り添って部屋の隅でがたがたと震えていました。お父ちゃんは手を後ろにまわされて針金でしばられ、零下二十度の外へ連れていかれてしまいました。

　開けっ放しの戸から、冷たい空気がヒューヒューと家の中に入ってきます。外からどなり声や叫び声が聞こえてきます。いっちゃんは、おびえた半泣きの顔でお母ちゃんを見上げまし

た。五人のこどもを抱えたお母ちゃんは、肝のすわったとても強い顔をしていました。

冷たい空気を頬に感じたいっちゃんは、ふと我に返りました。

「戸を閉めてくる。」

そろりそろりと玄関に近づき、身をかがめて外を見回しましたが、お父ちゃんの姿はもうどこにもありません。音をたてないようにそっと戸を閉めた後、いっちゃんとミサちゃんは窓際に隠れてそっと外のようすを見回しました。

一本向こう側の雪の坂道を、後ろで手をしばられているお父ちゃんぐらいの年のおじさんやおじいさんたちが、ぞろぞろと数珠つなぎになって引っ張られていくのが見えます。連れ去られるご主人を心配してか、奥さんらしき人が何かを叫びながら行列に近づこうとするのが目に入りました。すると、

バーーン

銃が容赦なく火をふき、その女の人は雪の上にばったり倒れました。

「ひっ！」

恐ろしくなって二人は窓から飛びのきました。まだ、あちこちから機関銃やピストルの音が鳴りひびいています。二人は耳をふさいでお母ちゃんのところに走り寄りました。

それから一週間ぐらいの間は、恐ろしくてとても外に出ることなどできず、家の中でひっそりと過ごしました。外からは相変わらず銃声が聞こえてきます。ミサちゃんのことをよく可愛がってくれていた赤井のおじちゃんも連れていかれてしまったのだろうか。おばちゃんは大丈夫だろうか。気にはなっても、怖くて家から一歩も外に出られないので、近所の人たちのようすは一切わかりませんでした。

お父ちゃんだ！

そんな中、突然お父ちゃんが戻ってきました。

「お父ちゃん！」

戸口には、薄汚れた服を着たお父ちゃんが青ざめた顔で立っていました。顔には少し腫れが残り、青あざもありました。お父ちゃんは足を引きずりながら、玄関をやっとのことで上がってきました。とりあえず服を着がえさせようと、お母ちゃんがお父ちゃんに手を貸して脱がせたとたん、

「きゃっ。」

とお母ちゃんが小さな声で叫びました。

お父ちゃんの背中は、何本もの赤紫色の筋で腫れ上がり、特に右肩は

腕が上がらないほどの大けがをしていました。お父ちゃんは顔をしかめながら、やっとの思いで着がえ、ゆっくりとあぐらをかきました。そして、一口お湯をすすりました。しばらくの間沈黙が続きましたが、ぽつりぽつりと小さな声で話し始めました。

「あの日、連れていかれる途中、凍った渾江*の厚い氷に開けた大きな穴の前に、日本人が一人ずつ立たされているのが見えた。後ろから銃が火をふくと、氷の穴に無残に倒れて、冷たい水の中に沈んでいく。まるで流れ作業のように、容赦なく次々と日本人が撃ち殺されていた。道端にもいっぱい死体が転がっていた。そこらの満人*どもが何の遠慮もなく、こちこちに凍った死体から着物をはぎとっていきやがる。裸の死体があちこちにごろごろしてたよ。

お父ちゃんたちもきっと川に連れていかれるのだろうと覚悟していた

*渾江　通化市内を流れる大きな川。

*満人　当時、満州にいた日本人は中国人のことを「満人」と呼んでいました。

んだが、連れていかれたのは防空壕だった。ぎゅうぎゅうにぶち込まれ、身動きもとれない。大小便も立ったまま、その場で垂れ流しの状態だ。臭くて臭くて息がつまるほどだった。食べ物どころか水一滴ももらえない。

何時間かしたら、急に防空壕の扉が開いて、無差別に撃ってきやがった。ばたばたと目の前でみんな倒れていった。お父ちゃんはとっさに梁にぶら下がった。運よく入り口からちょうど死角になって、玉がとどかなかったんだ。その晩は、かろうじて生き残った人たちと、死体だらけの防空壕の中で過ごした。」

お父ちゃんはそこまで話すと、また一口お湯をすすりました。体のあちこちがまだ痛むようで、体の向き

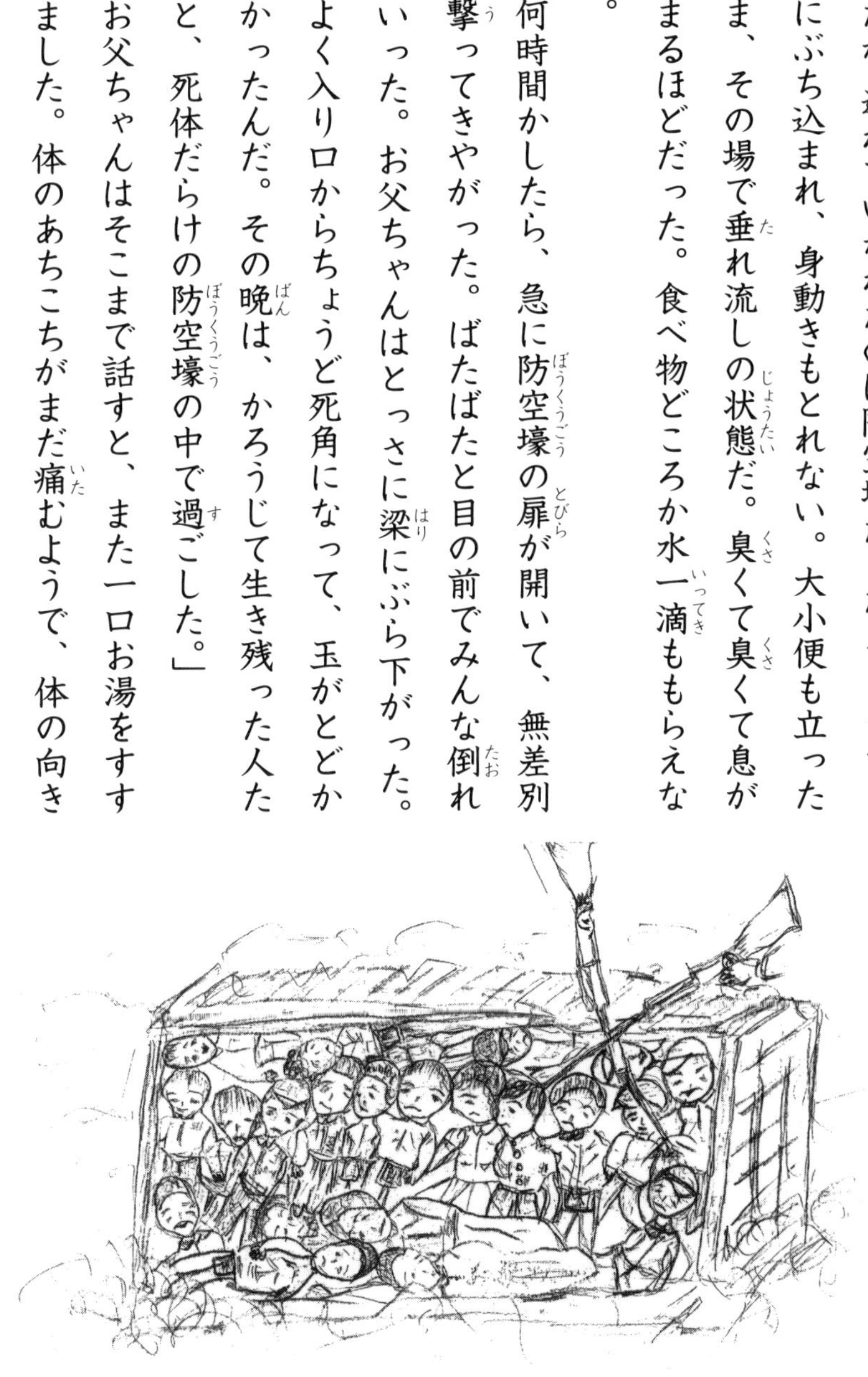

を変えるたびに顔がゆがみます。そして、また淡々と話を続けました。
「翌日、扉があいて、今度こそ殺されると思ったら、出てこいと言われた。言われるがままに、みんな外に出た。もう感情なんて何も無かった。怖くもなかった。今度は近くの留置所の建物に連れていかれた。留置所に行くまでの道にも、凍りついた無残な死体がごろごろと転がっていた。そんな死体を見ても、もう何とも思わなくなっていた。

取調室に一人ずつ呼ばれ、*反乱軍と関係があったかどうかを吐かせるために、革のムチや木刀で背中や肩を思い切り叩かれた。いくら叩かれても、お父ちゃんは何も白状することがない。また留置所に戻された。ずっと、ムチの音と叫び声が辺りにひびいていたよ。

そのうちに、他の何人かと外に放り出された。歩き出したら後ろからズドーンとやられるのかもしれないと一瞬思ったが、兵隊はそのまま建物の中に消えていった。家に帰る途中、また渾江に目をやると、橋の

*反乱軍
後に「通化事件」と呼ばれたこの事件では、通化にいた三千人以上の日本人男性が根こそぎ拘束され、一週間に渡る拷問、銃殺、凍死などで二千人以上が命を落としたとされています。

上から死体が次から次へと凍った川の上に落とされているのが見えた。道中にも凍った裸の死体があちこちに転がっていたよ。

ふぅ、いっちゃん、コウリャンはまだあるかなぁ。お粥を炊いてもらえるか？」

お父ちゃんが無事に帰ってきてから数日たったころです。

「こんにちは。」

と言って玄関の戸が開きました。いっちゃんが振り返ると、赤井のおじちゃんとおばちゃんが立っていました。おじちゃんもやつれた顔をしていましたが、お父ちゃんと同じように釈放されて無事に家に戻ってこられたのです。ミサちゃんは、土間をかけおり、裸足のまま、おじちゃんとおばちゃんに抱きつきました。

このころには日中も寝床で横になっていることが多くなっていたお母

ちゃんも、身を半分起こし、ていねいにお辞儀をしました。お父ちゃんとおじちゃんは、お互いの傷をいたわりながら、「無事でよかった、よかった。」とうなずき合っていました。

シゲちゃん

それから数カ月がたち、五月に入ったころのことです。シゲちゃんがおなかを下し始めました。おしめを洗っても洗っても間に合いません。重湯をあげても全然飲もうとしません。一才ちょっとのシゲちゃんはみるみるやせ細っていきました。

夜中にお母ちゃんが泣きながらお父ちゃんと話しているのが聞こえてきました。

「コウリャンのお粥を食べさせていたのが消化不良を起こしてしまったんでしょう。こんなに弱ってしまってかわいそうに……。白いお米のお粥を食べさせてあげられたら……。」

それから数日後、シゲちゃんはすっとロウソクの火が消えるように静かに息を引き取りました。

部屋の片隅にあるりんご箱の上には、半年ほど前に火葬された赤ちゃんの小さい骨壷と、それより少し大きめのシゲちゃんの骨壷が二つ並びました。

立て続けに消え去った短い命の炎でした。

昭和二十一年（一九四六年）九月二日：通化（つうか）

通化（つうか）出発
お母ちゃんとの約束
お母ちゃんの涙（なみだ）

通化出発

敗戦から一年以上がたった九月、ついに日本へ引き揚げることができるらしいというニュースが舞い込んできました。

お父ちゃんとお母ちゃんが赤井のおじちゃんとおばちゃんを呼んで、なにやら真剣な面持ちで相談事をしています。そして、その晩、コウリャンの薄いお粥の夕食を食べ終えると、お父ちゃんが話し出しました。

「どうやら本格的に日本に帰れるようになったようだよ。『葫蘆島』という港まで行ったら、日本行きの船が出ているそうだ。

みんなそろっていっしょに帰ることができたら一番いいんだが、お母ちゃんはまだ布団から出られない。お父ちゃんは、お母ちゃんがもう少し元気になるまでここに残ろうと思う。ヒロちゃんもまだ小さいから、お父ちゃんたちが帰るときにいっしょに連れて帰る。ミサちゃんは赤井のおじちゃんとおばちゃんがいっしょに連れていってくれることになった。出発はあさってだ。ふたつ寝(ね)たら、ミサちゃんは赤井のおじちゃんたちと出発するんだよ。」

ミサちゃんはうなずきました。

「いっちゃんとキヨシちゃんは、お父ちゃんの仕事場の根本さんが引き受けてくれた。出発は明日。通化(つうか)駅から列車が出るから、他の日本人のみんなといっしょに一足先に日本に向かってくれ。ばらばらで引き揚(あ)げるのは心細いと思うが、お母ちゃんともいろいろ考えて決めたことなんだ。汽車で葫蘆島(ころとう)まで行ったら、もうひと安心だ。いいか、日本まで何としてでもがんばって帰るんだよ。そして、静岡(しずおか)でみんなで再会(さいかい)するんだ。」

「明日って、そんなに急に？　みんなばらばらで？」

いろいろなことが頭の中をぐるぐるとかけめぐりましたが、お父ちゃんに言われた通りにするしかありません。出発は明日です。


そう言われてみれば、ここ数日、お母ちゃんは体を起こして縫い物をいっぱいしていました。シゲちゃんが亡くなってから、お母ちゃんはますますやつれていましたが、それにもかかわらず、わずかに残っていた着物をほどいて、いっちゃんたちの服を作ってくれていたのです。

「お母ちゃん、大丈夫？　疲れた？」

いっちゃんが聞くと、お母ちゃんは首を振り、にこりと笑って針の手を動かし続けました。

「さ、出来上がった。明日はこれを着ていくんだよ。」

お母ちゃんの縞模様の着物がいっちゃんのワンピースに変身していました。

「大きな名札を縫い付けておいたからね。これで絶対に迷子にならないよ。ほら！」

胸に縫い付けられた特大の名札には、日本の住所と名前が書かれています。

「このリュックサックをまた背負っていけるかな、いっちゃん。」

三年半前に満州に来たときにいっちゃんが背負ってきたリュックサック、天井裏に大切に隠しておいたリュックサックです。相変わらず小柄ないっちゃんにとっては、とても大きなリュックサックでしたが、満州に来たときに比べると、ふくらみは半分もありませんでした。二人分のわずかな着がえと、残り少ない食料で作った穀物のあられや煎った大豆などが入っているだけでした。

その夜、お母ちゃんが、いっちゃんとキヨシちゃんを呼(よ)びました。

「今日はお母ちゃんといっしょのお布団(ふとん)で寝(ね)ようか。ほら、入っておいで。」

二人はこくっとうなずき、お母ちゃんの布団(ふとん)にもぐりこみました。

あったかい。

お母ちゃんの匂(にお)い。

いっちゃんとキヨシちゃんは、お母ちゃんを真ん中に三人ぴったりくっついて、お母ちゃんの手をぎゅっとにぎって寝(ね)ました。

お母ちゃんとの約束

翌朝は早起きして出発の準備(じゅんび)です。いっちゃんは、昨日出来上がったばかりの白とオレンジの縦縞模様のワンピースを着せてもらいました。

そして、お母ちゃんは小さな巾着袋をいっちゃんの首にかけました。

「ここに少しだけどお金が入っているから、道中、必要なときに使いなさい。お守りだと思って肌身離さず、いつも首にかけておくんだよ。」

「はい。」

「それから、はぐれないようにしっかり根本さんについていくこと。」

「はい。」

「いっちゃん、絶対にキヨシちゃんの手を離したらいけないよ。キヨシちゃんも、いっちゃんの手を絶対に離さないように、疲れてもがんばってついていくんだよ。わかったね、約束だよ。」

「はい。キヨシちゃんの手、絶対に離さないから。」

キヨシちゃんもコクリとうなずきました。

お母ちゃんは、二人をぎゅっと抱き寄せました。やせ細ったお母ちゃんの首に手を回して、いっちゃんは耳元でささやきました。

「お母ちゃん、早くよくなってね。静岡で待っているからね。」

お母ちゃんが「うん、うん。」とうなずいているのが、いっちゃんの頬に伝わってきました。お母ちゃんの胸が「くっ、くっ」と震えているのが、いっちゃんの胸に伝わってきました。

お母ちゃんは、二人の顔をかわるがわる両手で包み込み、涙をこらえながら最後に言いました。

「気をつけていくんだよ。」


靴を履いたいっちゃんとキヨシちゃんは、布団の上のお母ちゃんとその両脇に座るミサちゃんとヒロちゃんに手を振りました。

「静岡で会おうね。」

通化駅までは、てくてく歩いてお父ちゃんが送ってくれました。駅は引き揚げ列車に乗る人たちでごったがえしています。駅の入り口で根本さんと落ち合いました。お父ちゃんは根本さんにいっちゃんとキヨシちゃんを引き渡しながら、

「くれぐれもどうかよろしくお願いします。」

と深々と頭を下げました。

駅の構内の大混雑の中に消えていく三人を目で追いながら、

「どうか無事に日本にたどりついてくれ。」

お父ちゃんは、しぼり出すような声で何度も祈るようにつぶやいていました。

お母ちゃんの涙

お父ちゃんが駅から戻ってきました。布団に横たわるお母ちゃんに、ヒロちゃんが無邪気に話しかけています。

「お母ちゃぁん、起きてぇ。ねぇ、お母ちゃぁん。」

しかし、お母ちゃんは起きてくれません。

お父ちゃんの方に振り返ったミサちゃんの頬は涙でぬれています。

お父ちゃんは慌てて駆け寄り、お母ちゃんの肩をゆすりましたが、全く動きません。


お母ちゃんはすでに息を引き取ったあとだったのです。

お母ちゃんは、最後の力を振りしぼって、いっちゃんたちの旅支度をしていたのです。静かに横たわる、やせ細ったお母ちゃん。その目から流れ出た一筋の涙のあとが、まだ濡れたままでした。

お母ちゃんは三十三才でした。

ミサちゃんは、その日、赤井のおじちゃんの家にお世話になりました。夕方おばちゃんがミサちゃんを外に連れ出し、ミサちゃんの家の方から立ち上っている煙を指さして言いました。

「あの煙、しっかり見ておくんですよ。」

それは、お父ちゃんが家の裏でお母ちゃんを火葬する煙でした。ヒロちゃんはお父ちゃんの横に座って、そして、ミサちゃんは赤井さんの家から、夕焼けでオレンジ色に染まった空に昇っていく、白い煙になったお母ちゃんを見送りました。

なんともせつない、悲しい煙でした。

昭和二十一年（一九四六年）九月三日～三十日：通化（つうか）～葫蘆島（ころとう）

- すし詰（づ）め列車
- 日本人の行列
- ほろ馬車
- マーチョ
- 迷子（まいご）
- 港と海

すし詰め列車

通化駅からいっちゃんたちが乗った屋根のない列車はぎゅうぎゅう詰めでした。九月に入ったとはいえ、まだまだ暑く、みんな汗をかきながらガタンガタンと揺れる列車の中でじっと耐えています。

いっちゃんは、キヨシちゃんの汗ばむ手をしっかりにぎって、根本さんにぴったりくっついて、床に座っていました。

列車はときどき前ぶれもなく停まりました。長く停まるのか、短い間なのか、全く予想がつかない中、みんな列車を降りて急いで大小便に行きます。便所など無いので、線路脇やトウモロコシ畑ですませます。小さなこどもたちは、列車が停まるのを待つことができず、親のリュックサックにぶら下げてある鍋や洗面器に、おしっこをすることもありました。

通化を出てまだそれほどたっていないところで、いっちゃんは根本さんのようすが少しおかしいことに気づきました。顔をゆがめ、時折、苦しそうな表情をしているのです。額にはあぶら汗がにじんでいます。

ガタン！　キー！

また列車が停まりました。根本さんは、いっちゃんとキヨシちゃんの頭に手をおいて、無言で二人の目をじっと見つめると、意を決したように立ち上がり、貨車の出口に向かっていきました。根本さんの後姿を追ういっちゃんの視線が、根本さんのお尻のあたりでとまりました。ズボンが真っ赤に血で染まっていたのです。

根本さんはとうとう二人の元へは戻ってきませんでした。

通化出発一日目にして、十才のいっちゃんと六才のキヨシちゃんは二人ぼっちになってしまいました。周りをぐるりと見渡してみても、列車には顔見知りの人はだれもいません。

「二人だけでどうやって行けばいいの？」

不安な気持ちでいっぱいのいっちゃんは、キヨシちゃんにぴったりとくっつき、お尻にひびくゴトンゴトンという列車の揺れを感じながら、ひざに顔をうずめるのでした。

日本人の行列

列車がまた停まりました。ざわざわとして、みんな荷物を持って立ち上がり始めました。どうやら列車を降りるようです。まだ丸一日も乗っていないのに……。順番に降りると、みんなぞろぞろと列になって線路沿いを列車の進行方向に歩き出しました。いっちゃんとキヨシちゃんも、周りのみんなにならってついて行くしかありません。いっちゃんはキヨシちゃんの手をぎゅっとにぎって、

「歩くよ。がんばれる？」

と聞きました。キヨシちゃんはいっちゃんを見上げて、こくりとうなずきました。線路脇や、畑の中や野道をぞろぞろと歩きました。

突然キヨシちゃんがいっちゃんに小声で言いました。

「おなかがすいた……。」

そう言われて、いっちゃんは列車に乗ってから何

も食べていないことに気がつきました。立ち止まり、リュックサックを下ろすと、中からお母ちゃんが用意してくれたあられをひとかけらずつ出しました。

「キヨシちゃん、いっぺんに食べちゃダメだよ。少しずつ少しずつ。いい？」

水筒の中の水をキヨシちゃんにすすらせ、自分も一口すすってから、また歩き出しました。キヨシちゃんは言いつけ通り、ちびちび食べながら歩いています。


ひたすら野道を歩き続けるうちに、辺りはだんだん暗くなってきました。前の方を歩いている人たちが、「今日はこの辺りで休もう。」と言っているのが聞こえました。いっちゃんたちも草むらの中で夜を明かすことに決めました。雑草がいっちゃんとキヨシちゃんの布団です。ごろんと横になると、星がいっぱい輝いていました。

その夜、いっちゃんとキヨシちゃんは、大切なリュックサックを間に、ぴったりと抱きついて寝ました。初めての野宿でしたが、疲れきっていた二人はぐっすりと眠りました。


辺りが明るくなりかけたころ、周りのみんなが移動の準備を始めた物音で目が覚めました。リュックサックが無事でほっとしました。

目を覚ましたキヨシちゃんが泣きべそをかいています。いっちゃんには理由がすぐにわかりました。おねしょです。六才のキヨシちゃんは、まだときどき失敗してしまうのです。でも、草の上なので布団を干す必要もなく、いっちゃんは、「大丈夫、大丈夫。」と言って、キヨシちゃんの着がえを手際よく手伝ってあげました。

ほろ馬車

ぐずぐずしていて周りの人たちに遅れてしまってはいけないので、いっちゃんはリュックサックを背負ってキヨシちゃんと手をつなぎ、歩き出しました。

今日もまたぞろぞろと日本人の長い列が続きます。しばらく歩くと、キヨシちゃんが座り込んでしまいました。

「もう歩けない……。」

仕方がないので、いっちゃんも座ってキヨシちゃんといっしょに休みます。ときどきマーチョに乗った人たちが通り過ぎていきます。休んでいる間にも列はどんどん前に進んでしまうので、いっちゃんたちは次の集団が来るまで待ちます。そして、ぐずるキヨシちゃんをだましだまし、手を引いてまた歩き始めます。でも、少し歩いたかと思うと、またキヨシちゃんが座り込みます。いっちゃんがどんなに引っ張っても頑固に座り込んでしまうので待つしかありません。集団からどんどん後れます。
次の集団の後ろについてまた少し歩いては休み、また少し歩いては休み……なかなか前に進めません。

地平線に大きな朝日が昇って明るくなってきたころに歩き出し、日中は懸命にみんなの後について歩き、反対側の地平線に大きな夕日が落ちたら横になる、という繰り返しの毎日でした。大雨の日でも、ずぶぬれになりながら、二人は手をつないで歩き続けました。

その日も、暑い日差しの中を二人は手をつないで歩いていました。

「もう歩けない……。」

キヨシちゃんが、またべそをかき始めました。

「がんばって歩かなきゃ。」

でも、キヨシちゃんは立ち上がってくれません。

「お母ちゃんに会いたいよぉ。」

「日本に着いたら、お母ちゃんに会えるから。だから、お願い！　がんばって歩こう！」

何とかキヨシちゃんをなだめてまた歩き始めると、後ろの方からマーチョが近づいてくる音が聞こえてきました。

「いいなぁ。マーチョに乗れたら楽だろうなぁ。」

マーチョが通り過ぎるのを横目でみた瞬間、はっとしました。

心臓が止まりそうでした。その幌つきのマーチョにミサちゃん

が乗っていたのです。集団に向かって無邪気に手を振っている女の子。

ミサちゃんです。

マーチョが目の前をスローモーションのように通り過ぎていきました。そして、次第に遠ざかっていくマーチョ……。

いっちゃんはとてつもない空しさに襲われ、力なく立ち尽くしました。

そして、キヨシちゃんを見ました。けなげに歩き続けている幼いキヨシちゃん。悔しさや、悲しさがこみ上げてきて、一気に涙があふれ出ました。

きょとんとして、キヨシちゃんがいっちゃんを見上げます。

「わたし、負けない！」

ひとしきり涙を流したいっちゃんは、手の甲でほっぺの涙をサッとぬぐうと、キヨシちゃんの手を力強くにぎって言いました。

「キヨシちゃん、行こう！」

マーチョ

その日も二人は朝からろくなものも食べずにずっと歩き続けていました。いっちゃんたちが木の下で休憩(きゅうけい)しているときに、ちょうどマーチョが止まって何人か降(お)りました。

「上吗(シャンマ)？・（乗(の)るかね？）」

中国人のおじさんがいっちゃんたちに聞いてきました。いっちゃんはキヨシちゃんを見ました。来る日も来る日も歩き続けているいっちゃんたちの足はもうふらふらです。いっちゃんは思い切ってキヨシちゃんとマーチョに乗ることに決めました。巾着袋(きんちゃくぶくろ)から出したお金をおじさんに

差し出すと、渋った顔をしましたが、

「好好。上吧！（まぁ、いい。乗れ！）」

と合図するのでマーチョの荷台に近づくと、日本人のおじいさんがいっちゃんたちの腕を引っ張って、荷台に乗るのを親切に手伝ってくれました。

　マーチョが出発しました。ごとごと道なので、荷台のお客さんはみんなそろってぽこぽこと跳び上がります。いっちゃんたちがさっき木の下で休んでいるときに通り過ぎていった集団を、今度はマーチョが追い越していきます。

「いっちゃん、マーチョは早くて楽でいいね！」

　キヨシちゃんは大喜びです。しばらく行くとマーチョが止まり、振り向いたおじさんがみんなに追加料金を払えと言ってきました。

「こんなことをしていたら、お金がすぐになくなっちゃう……。」

いっちゃんは、慌ててマーチョを飛び降りました。

「キヨシ、降りるよ。」

いっちゃんはキヨシちゃんの手を引っ張りましたが、キヨシちゃんは、

「降りたくない！　まだこのまま乗っていく！」

と言って泣き出しました。いっちゃんも泣きそうになりましたが、ぐっと涙をこらえ、嫌がるキヨシちゃんの腕を引っ張って、無理やり荷台から降ろしました。そして、泣き続けるキヨシちゃんの手を強引に引いて、また歩き出しました。


動けなくなった人が道端に力なく座っているのを見かけました。

一人のお母さんが泣きながら穴を掘り、亡くなった赤ちゃんを埋め、手を合わせているところも見かけました。

何日も何日も歩いていると、道端で亡くなっている人の数がだんだん

増えていきました。中には衣服が脱がされている遺体もありました。靴も履いていません。

「死んでしまったら裸んぼにされちゃう。こんなところに一人ぼっちで裸んぼで転がされるなんて嫌だ。死んじゃだめ。絶対に死んじゃだめ！　とにかく歩き続けなきゃ。日本に帰ったら、静岡に帰ったら、お父ちゃんやお母ちゃんにまた会えるんだから。」

いっちゃんは歯をくいしばり、果てしなく続く中国の大地を、一歩また一歩とキヨシちゃんの手を引きながら進んでいくのでした。

迷子

あるとき、長くて幅が広い木の橋にさしかかりました。大きな川にかかる長い長い橋です。この橋を見たとたんにキヨシちゃんはもう歩けないと言って座り込んで、泣き出してしまいました。

いっちゃんがどんなになだめても、動いてくれません。キヨシちゃんをおんぶしてあげる体力は、到底いっちゃんには残っていません。困ってしまったいっちゃんが辺りを見渡すと、マーチョが目に入りました。お母ちゃんが首に下げてくれた巾着袋の中をのぞきました。

「お金、まだ少しだけ残ってる……。」

いっちゃんはキヨシちゃんをマーチョに乗せることに決めました。マーチョに乗れると聞いて、キヨシちゃんはやっと泣き止んでくれました。

「橋を渡ったところで降りて待っているんだよ。そこから絶対に動いちゃダメだよ。」

とキヨシちゃんに言い聞かせました。

キヨシちゃんを乗せたマーチョが動き出しました。いっちゃんは走って追いかけましたが、とうてい馬のスピードにはかないません。行列のずっと先の方に、マーチョは消えていきました。

いっちゃんは、できる限りの早足で長い橋を渡りきると、キヨシちゃんをさがしました。

ところが、キヨシちゃんがいません。

だれかに連れ去られてしまったのだろうか。

大声で叫びました。

「キヨシー！　キヨシー！」

いっちゃんはあせりました。

「すみません、男の子を見かけませんでしたか？　六才の男の子です。マーチョに乗ってここまで来たはずなんですが……。降りたのを見ませんでしたか？」

いっちゃんは、通りかかる人たちに尋ねましたが、みんな首を振るばかり。

どうしよう。どうしよう。

橋をもう一度戻ろうか、ここで少し待とうか、少し先まで行ってみようか。もしかしたら、マーチョから降りることができなくて、もっと先まで行っているのかもしれない。

そう思ったいっちゃんは歩き出しました。すると、隣を歩いていたおばさんの声が耳に入ってきました。

「かわいそうに。さっきの坊や、一人ぼっちになっちゃったんだねえ。迷子なのか、家族が亡くなってしまったのか。」

えっ？　坊や？

「すみません、何才くらいの男の子でしたか？」

「まだ学校に上がらないくらいの男の子だったわよ。大きな名札を付けてたわ。橋の途中で泣いていたわよ。」

キヨシかもしれない！　大きな名札！　きっとキヨシだ！

いっちゃんは橋に向かって、行列とは反対方向に走り出しました。大きなリュックサックがいっちゃんの背中で右に左に揺れます。

「キヨシー！　キヨシー！」

いっちゃんは走りながら叫（さけ）びました。

「キヨシー！　キヨシー！」

「いっちゃ〜〜〜ん！　いっちゃ〜〜〜ん！」

男の子の泣き声がします。

「キヨシ？」

いっちゃんは声のする方に駆（か）け出しました。

欄干（らんかん）のところに、泣きながら立っている男の子がいます。

「キヨシだ！　キヨシ――――！」

いっちゃんを見つけたキヨシちゃんは、大声で泣き出しました。

「わぁ――ん！　いっちゃぁぁぁん！」

そして安心したのでしょう。

「おなかすいたぁ。あられ、ちょうだい。」

いっちゃんは、あられを一つ、キヨシちゃんの手に乗せてあげました。

キヨシちゃんは、あられをちびちびとかじりながら、小声でぼそりと言いました。

「いっちゃんが見えなくなって、怖(こわ)くなって降(お)りた……。」

いっちゃんは、自分に言い聞かせるように言いました。

「もう絶対(ぜったい)に何があっても、キヨシちゃんの手を離(はな)さない！　お母ちゃんとの約束を守って、二人でがんばって静岡(しずおか)に帰るの！　お母ちゃんとまた会えるまで、もう絶対(ぜったい)に手を離(はな)さない！」

しばらく休んだあと、二人は立ち上がりました。

いっちゃんはキヨシちゃんの小さな手をぎゅっとにぎりました。

キヨシちゃんもぎゅっとにぎり返しました。

それ以来、キヨシちゃんは、どんなに疲(つか)れても「歩けない」とぐずらなくなりました。がんばって歩き続けました。歩いては休み、休んでは歩き、日本人の集団(しゅうだん)のあとを二人は一生懸命(けんめい)についていきました。

そして星空の下で、リュックサックを間にはさんで、ぎゅっと抱(だ)き合って眠(ねむ)るのでした。

港と海

よく晴れた青空の日、前を歩いていたおじさんが家族に話しているのが聞こえてきました。

「あと少し歩いたら駅があって、そこからまた列車に乗せてもらえるらしい。もう少しだ。足が痛(いた)いけど、もうちょっとだけ、もうちょっとだけだから、がんばろう。」

キヨシちゃんも聞いていたようで、いっちゃんの方を見上げました。あともう少しで駅がある。少し元気がわいてきました。ひきずりながら歩いていた足にも力が入ります。いっちゃんはキヨシちゃんの手をぎゅっとにぎり直し、歯をくいしばり、みんなについていきました。

しばらく歩くと駅がありました。屋根のない列車が停まっていて、どの貨車もぎゅうぎゅう詰(づ)めです。いっちゃんたちは、一番後ろの囲いもない無蓋車(むがいしゃ)に乗せられました。まな板車両です。振(ふ)り落とされないようにと車両の真ん中にこどもたちを座(すわ)らせ、おとなが周りを囲んでくれました。

「もう少しの辛抱だ。あともう少しすれば、葫蘆島に着くからな。そうすれば、日本行きの船に乗せてもらえる。がんばろう。」
おじさんの明るい励ましの声が、いっちゃんの心にひびきます。

列車にどのぐらい揺られたのでしょうか。途中で止まったり、またのろのろ走ったり、いったい何時間たったのか、あるいは、何日たったのか、疲れ果てていたいっちゃんは、意識がもうろうとしていて全くわかりませんでした。

列車が大きく揺れて、目を覚ましました。周りがざわざわし、みんな降りる準備を始めています。

また降りてここから歩かなければいけないのかと思うと、足が急に重くなりました。そんないっちゃんの気持ちを察したのか、横に座っていたおじさんが声をかけてくれました。

「＊葫蘆島だよ。港に着いたんだよ。ここから日本行きの船に乗れるんだよ。さあ、二人ともついておいで。」

港は船を待つ人たちでごった返していました。すぐに乗れるわけではなさそうです。まずは、いくつか予防接種を受けなければなりませんでした。身体検査もありました。

順番を待ちながらいっちゃんは自分の足もとを見ました。キヨシちゃんの足にもいっちゃんの足にも、もう靴という形のものはなく、つま先からはまっ黒な指がのぞき、伸びた爪はぼろぼろでした。荷物検査もありましたが、いっちゃんのリュックサックの中には、汚れた着がえが入っているだけでした。書類の手続きは、いっちゃんとキヨシちゃんの胸の大きな名札を見ながら、列車で声をかけてくれたおじさんが進めてくれました。そして、とうとう船に乗れる順番が回ってきました。

＊葫蘆島
敗戦時、満州にいた日本人のうち、百五万人以上がこの葫蘆島から日本の船やアメリカ軍の船に乗って日本へ引き揚げていきました。一九四六年五月七日に出港した第一陣二千四百八十九人をかわきりに、その後一九四八年の八月まで一日平均七隻、一隻につき二千人ほどの単位で葫蘆島から日本に向かいました。

いっちゃんは列に並(なら)びながら後ろを振(ふ)り返りました。通化(つうか)を出て一カ月*近くがたっていました。

二人は五五〇キロ以上、つまり東京駅から新大阪駅くらいまでの距離(きょり)をひたすら歩き続け、やっとここまでたどり着いたのです。

「お母ちゃん、もう少しで会えるよ。」

いっちゃんは前を見ました。海です。広い広い海です。

この海の向こうには日本がある。

縁側(えんがわ)でキセル煙草(たばこ)を吸(す)うおじいちゃん。

干(ほ)しバナナをくれたおばあちゃん。

＊一カ月間、二人は何を食べていたのでしょうか。

到底(とうてい)、お母ちゃんがリュックサックに入れてくれた食べ物だけでは足りていなかったはずです。道端(みちばた)の草を食べていたのかもしれません。畑になっているものをとって食いつないでいたのかもしれません。心優(やさ)しい日本人が少し食べ物を分けてくれたのかもしれません。

通化(つうか)を出てからの一カ月間、一体、何を食べて生きながらえたのか。のちのいっちゃんの記憶(きおく)には、あられを少しずつ食べていたということしか残っていません。

ミシンに向かうユキ姉ちゃん。

お風呂(ふろ)で時計やひらがなを教えてくれたソウ兄ちゃん。

幼稚園(ようちえん)にいっしょに通ったマサキちゃん。

そして、お父ちゃんにお母ちゃん、ミサちゃんにヒロちゃん。

「みんな、あともう少しで会えるよ。」

昭和二十一年（一九四六年）九月三十日〜十月九日：船上

明優丸（めいゆうまる）

一升瓶（いっしょうびん）

キヨシちゃんの恩返し（おんがえし）

明優丸

いっちゃんたちの目の前には大きな船が横付けされていました。「明優丸」です。大勢の日本人が、日本へ帰れるという安堵と希望で、顔をほころばせながら船に乗っていきます。いっちゃんたちもみんなに続いて一歩一歩タラップを登りました。この日、明優丸に乗った三千人余りの引き揚げ者にとって、このタラップは、満州での生活の終止符であり、また、日本で始まろうとしている新しい生活への第一歩でした。

大型船の中は、改造されて二段になっていました。棚のように床が張ってあり、だだっぴろい二段ベッドそのものです。こんなに大きな船なのに、ぎゅうぎゅう詰めです。みんな自分の座る場所を少しでも広く確保しようと必死になっています。上の段に行くように言われたいっちゃんとキヨシちゃんも、足を伸ばして寝られるよう、そして、自分たちが陣取ったスペースをおとなに取られないよう、こどもながらに必死でした。

一升瓶

船に乗って日本が少し近づいたとはいえ、船内での数日間も楽ではありませんでした。食事の配給はありましたが、乾パンと、お椀にいくつかの米粒がかろうじて入っている重湯が主でした。

二日目の朝早く、いっちゃんたちは、真下で寝ていたおじさんが怒り出した声で目が覚めました。キヨシちゃんのおねしょが原因です。おしっこが薄い床板から下の段にぽたぽたと垂れてしまったのです。いっちゃんは困ってしまいました。

「何とかしなくちゃ。おねえちゃんは、ちょっと甲板に行ってくるから、寝場所を取られないように、しっかり陣取っておくんだよ。」

キヨシちゃんに言い聞かせると、いっちゃんは一人で船の中を歩き始

＊南京袋　穀物を入れるために使われた、麻でできた大きな袋。

めました。

「何かいい方法はないかなあ。どうしたらいいかなあ。」

考えながら甲板を歩いていると、数人がひっそり集まり、すすり泣く声が聞こえてきます。何だろうと思っていっちゃんが少し近づいてみると、＊南京袋にくるまれた「もの」がトタン板に乗せられていました。そして、船の後部からするりと海の中に滑り落とされました。そして泣き声が辺りにひびきました。

「お母さ――ん！」

「お母さ――ん！」

ボーッ。

船はさびしげな汽笛を鳴らしながら、ゆっくりとその場を何度か大きく回ってお別れをしました。

広い海に沈んでいく南京袋が頭に浮かび、いっちゃんは、身震いしながら思うのでした。

「絶対に死にたくない。冷たくて暗い海に一人ぼっちで流されるなんて嫌だ。どんなことがあっても、キヨシちゃんといっしょに生きて日本に帰るんだ！」

いっちゃんは、また船の中をうろうろし始めました。すると、船の揺れに合わせてコトンと音がしました。

「見つけた！」

一升瓶の空き瓶が転がっていたのです。

「これだ！　これ、これ！」

いっちゃんは瓶を手に取り、キヨシちゃんのところに急いで戻りました。キヨシちゃんはいっちゃんが持ち帰った瓶を不思議そうに眺めていましたが、実は、この一升瓶が船を下りるまでの間、いっちゃんたち姉弟を救ってくれたのです。

いっちゃんは、夜中になると、眠っているキヨシちゃんを無理やり起こして、何度かこの瓶におしっこをさせました。そのお陰で、下のおじさんにお叱りを受けることは、その後一度もありませんでした。

キヨシちゃんの恩返し

船が玄界灘に差し掛かりました。容赦ない荒い波が、船を右に左に大きく揺らします。乗り物に弱いいっちゃんは、とても耐えられず、吐き

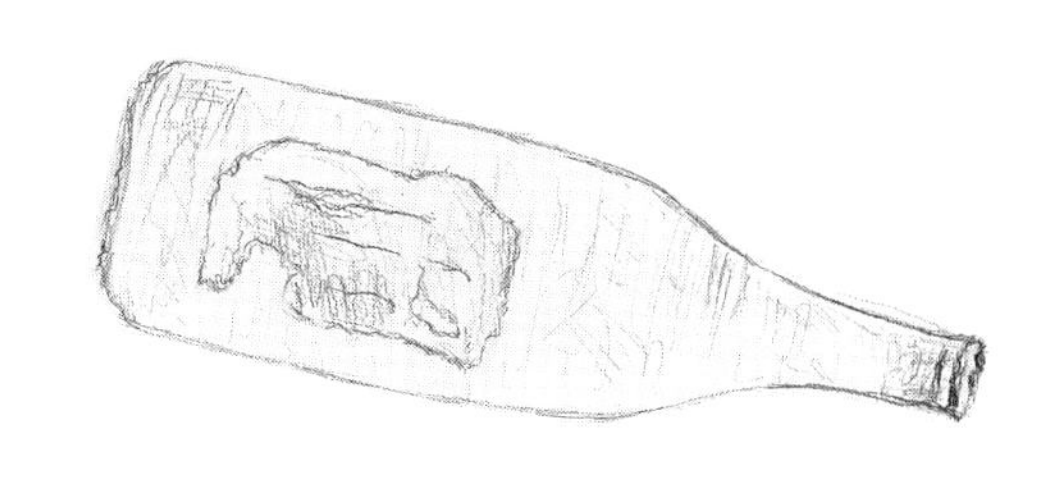

気に何度も襲（おそ）われました。青白い顔をして苦しむいっちゃんを見るに見かねたのでしょう。隣（となり）に座（すわ）っていたおばさんが言いました。

「甲板（かんぱん）に行って新鮮（しんせん）な空気にあたってきたらいいよ。ここの場所はおばちゃんが見ていてあげるから、ボクもいっしょに行って、お姉ちゃんの背中（せなか）をさすってあげなさい。」

　二人はこくりとうなずき、急な階段を上って甲板（かんぱん）に出ました。キヨシちゃんが心配そうに、いっちゃんをのぞき込（こ）みます。ときどき船が大きく揺（ゆ）れて、水しぶきがパッシャーンと顔にかかります。いっちゃんはまた吐（は）いてしまい、もっと服を汚（よご）してしまいました。いっちゃんは気持ちが悪いので汚（よご）れた服を脱（ぬ）ぎました。すると、キヨシちゃんがその服を持ってすくっと立ち上がりました。何をするのかとぼんやりとキヨシちゃんを目で追っていると、キヨシちゃんが甲板（かんぱん）の隅（すみ）にためてある海水の洗（あら）い場でいっちゃんの汚れた服を洗い始めたのです。
ちゃぷちゃぷ　ごしごし　ちゃぷちゃぷ　ごしごし
お姉ちゃんの汚れたぼろぼろの服を、キヨシちゃんは揺れる甲板の上でよろけながら、六才の小さな手で一生懸命ごしごし洗うのでした。

四日ほど船に揺られていたでしょうか。だれかが甲板で叫んでいるのが聞こえました。

「陸地だ！　陸地が見えてきたぞ〜〜！」

「内地だ、内地だ！」

「ばんざ――い！」


苦しみを共にしてきた引き揚げ者たち、まるで大きな家族になったような気分で、祖国に戻れたという安堵感や喜びをみんなで分かち合いま

した。隣のおばさんがキヨシちゃんの頭をなでながら、

「よくがんばってここまで二人で来たねぇ。えらかったねぇ。」

としみじみと言って、ほめてくれました。

昭和二十一年（一九四六年）十月九日：佐世保（させぼ）

三年半ぶりの日本

三年半ぶりの日本

ついに日本に上陸*できる日が来ました。

「いよいよだ！」

「日本の土が踏めるぞ！」

あちこちから歓声が上がり、タラップを降りる引き揚げ者たちの顔には笑みが戻っていました。いっちゃんもキヨシちゃんの手を引き、みんなの後に続きました。

昭和二十一年十月九日、この日明優丸を下船し、無事日本の土を踏んだ引き揚げ者の数は、三千十四人*でした。

タラップを降りると、いきなりＤＤＴ散布です。

＊上陸
港に入った引き揚げ船は、検疫などのため、数日間、停泊させられ、すぐには下船させてもらえなかったようです。

＊三千十四人
浦頭引揚記念資料館資料より。

「うわっ！」

ノミやしらみを退治するために、ＤＤＴという白い薬を散布されるのです。筒状の噴霧器を使って、頭のてっぺんから足の先まで、そして、襟ぐりや袖口からも体中に吹きかけられました。

あっという間に全身、真っ白けです。

ＤＤＴ散布の後は、上陸手続きです。ここでもお母ちゃんが縫い付けてくれた大きな名札がとても役に立ちました。

「静岡県静岡市安東町。よし、この住所に電報を打っておいてあげるからね。今日から二、三日は、この近くの援護局でお風呂に入ったりして疲れをとりなさい。それから静岡行きの列車に乗せてあげるからね。疲れただろう。まずはゆっくり休むといい。」

手続きをしてくれたおじさんが続けて言いました。

「ボク、お姉ちゃんと二人でよくがんばったね。えらかった、えらかった。」

おじさんに頭をなでてもらったキヨシちゃんは、はにかみながら微笑(ほほえ)みました。

手続きがすみ、援護局(えんごきょく)に向かう途中(とちゅう)、いっちゃんは立ち止まって、大きく深呼吸(しんこきゅう)をしました。

もう、中国人やロシア人に追われる心配も無い。銃声(じゅうせい)も無い。

ここは、祖国(そこく)。

「キヨシちゃん、今夜は体をうんと伸ばして寝れるんだよ。」

それだけで幸せでした。

「キヨシちゃん、あとちょっとでお母ちゃんに会えるよ。もう少し。あともう少し。」

昭和二十一年（一九四六年）十月九日：佐世保

電報

昭和二十一年（一九四六年）十月十三日：静岡（しずおか）

はえのさき駅
ふるさと「静岡（しずおか）」
三つの骨壺（こつつぼ）
白（しろ）く輝（かがや）くおにぎり

はえのさき駅

佐世保に上陸してから三日後、援護局からみんなで南風崎駅に向かいました。県別に分かれ、それぞれの故郷への切符を手に、列車に乗り込みました。

汽車が汽笛を鳴らして出発しました。車内では、東海・関東方面に向かう人たちが、いっちゃんとキヨシちゃんを親切にお世話してくれたお陰で、乗り換えなども問題なく順調でした。

途中の駅で人々がざわざわと乗り込み、またあちこちで降りていきました。海が見えたり、トンネルを通ったり、ゴトゴト何時間も汽車に揺られました。夜になり、そして、また朝が来ました。

隣のおばさんが、

「次が静岡よ。そろそろ降りる準備を始めなさい。」

と教えてくれました。次第に見慣れた山並みが見えてきました。浅間神社のある賤機山がはっきりわかりました。

念願の静岡……生まれ故郷の静岡……。

わずか十才と六才の姉弟が、ついに帰ってきたのです。

ふるさと「静岡」

「お――い！　いっちゃ――ん！　いっちゃんとキヨシちゃ――ん！」

荷車を引いたソウ兄ちゃんが、大きく手を振っています。

佐世保からの電報を受け取って、駅までいっちゃんたちを迎えに来てくれていたのです。

「よく帰って来たなぁ。えらいっけなぁ。」

ソウ兄ちゃんは涙をいっぱいためて、いっちゃんの頭とキヨシちゃんの頭をかわるがわる、何度も何度もなでてくれました。


安心しきったいっちゃんは、駅から三十分ほどの道のりを、ソウ兄ちゃんの引く荷車に揺られながら、横になって眠ってしまいました。

夢を見ていました。満州です。満州の家で家族そろって夕食を食べているところでした。ちゃぶ台にはおかずが何皿も並んでいます。お粥ではなく、白いごはんです。シゲちゃんもご飯をぱくぱく一人で食べています。味噌汁が大好きなヒロちゃんに、お母ちゃんがおかわりをついであげています。お父ちゃんが魚の骨をきれいに取りはずしてくれています。

「いっちゃん、いっちゃん。着いたよ。」

いっちゃんはソウ兄ちゃんの声で、夢(ゆめ)から覚めました。

ソウ兄ちゃんが家の中に向かって大声で叫びました。

「いっちゃんとキヨシちゃんだぞー！」

おじいちゃんとおばあちゃんが飛び出してきました。

「よく戻(もど)った！　よく戻(もど)って来(き)た！」

「ご苦労だっけなぁ。よくがんばったなぁ。二人とも大したもんだ。」

そう言うと、あとは言葉になりませんでした。

三つの骨壷(こつつぼ)

おばあちゃんに手を引かれ、いっちゃんは三年半ぶりにおじいちゃんの家の敷居(しきい)をまたぎました。

おじいちゃんのおうちの匂いがする。

おばあちゃんがご飯を炊いている匂いがする。

火鉢で里芋を焼いている匂いがする。

「本当に帰って来れたんだ……。」

玄関に入ったいっちゃんは、しばらく立ちすくんだまま、動くことができませんでした。すると、廊下をばたばたと走ってくる音がして、その足音と共に現れたのはミサちゃんでした。

「あ、ミサちゃん！」

「いっちゃん、早く上がっておいでよー。お父ちゃんが待ってるよ！」

「え？　お父ちゃん？　お父ちゃんももう戻っているの？　お母ちゃんもヒロちゃんも？　みんな私たちより先に帰って来ていたんだ！」

いっちゃんは靴を脱ぎ捨て、慌ててミサちゃんに続きました。開け放ったふすまの向こうの部屋にお父ちゃんがいました。お父ちゃんは、やせて頬がこけ落ち、寝巻き姿のまま布団の上に座っていました。その横には、体に不釣合いな大きな坊主頭のヒロちゃんが、栄養失調で立つこともできず、力なくお父ちゃんに寄りかかって座っていました。

「お父ちゃん、ただいま！」

いっちゃんとキヨシちゃんは、お母ちゃんの姿をさがしました。

「お母ちゃんは？　お母ちゃんはお布団にいなくてもよくなったの？どこ？」

何も言わず、悲しい顔で、うつむいて首を振るお父ちゃんの代わりに、ミサちゃんが答えました。

「死んじゃった……。」

「え？」

お父ちゃんは仏壇の前に置かれた三つの壺を、静かに指さしました。

「どうして？　どうして三つなの？　この中にお母ちゃんが入ってるの？　ちがう！　こんなのお母ちゃんなんかじゃない！　静岡で会うって約束したもん！」

お父ちゃんが、いっちゃんたちを通化駅で見送ってからのことをゆっくりと話してくれました。いっちゃんとキヨシちゃんは正座をしたまま、じっと聞いていました。

話し終わると、お父ちゃんは、いっちゃんに聞きました。

「根本さんはなぜここまで来てくれなかったんだ？　ソウ兄ちゃんに引き渡して、そのまま帰ってしまったのかい？」

いっちゃんは首を小さく横に振りました。

「通化駅を出てしばらくしたら、根本さんがいなくなって……ずっと待っていたけど、列車に戻ってこなかった……。それからは、ずっとキヨシちゃんと二人だった……。」

「え?」

「……」

「いっちゃん……。」

お父ちゃんは、思わず二人を抱き寄せて泣きくずれました。強く強く、いつまでも抱き続けました。

「いっちゃん、キヨシちゃん、仏さんにお線香をあげて、『無事に戻ったよ』って教えてあげなさい。」

おじいちゃんに言われて、仏さんの前に座ったいっちゃんは、写真の中で優しく微笑むお母ちゃんと目が合いました。写真の横には、お母ちゃんが作ってくれたたわら型のお手玉が並べてありました。

「お母ちゃん……帰って来たよ。キヨシちゃんとずっと手をつないで……約束守って……いっぱいいっぱい歩いたんだよ。お母ちゃんに会いたくて、ずっとがんばって来たんだよ。お母ちゃん、お母ちゃん……お母ちゃん、お母ちゃん、お母ちゃん！」

恋しくて恋しくて、こらえきれなくなったいっちゃんは、何度も何度もお母ちゃんを呼び続けました。

白く輝(かがや)くおにぎり

「まっしろ！」

キヨシちゃんが叫(さけ)びました。

涙(なみだ)をふきながらいっちゃんが振(ふ)り向くと、おばあちゃんがにぎってくれた丸い大きなおにぎりが三個、ちゃぶ台の上で湯気を立てています。その白さは眩(まぶ)しいほどで、お米一粒(つぶ)一粒(つぶ)がぴかぴか光って見えました。もう何年も見たことのない白米のおにぎりです。

いっちゃんとキヨシちゃんは、一つずつ手に取りました。キヨシちゃんは待ちきれず、「いただきます。」も言わずにパクリ。いっちゃんは、

あまりの白さに口に入れるのがもったいないような気がして、しばらく見つめていました。でも、おいしそうな香りに負けました。早口で「いただきます。」と言うと、パクリ。またパクリ。口の中で白米の甘みが広がります。丸くてふわっふわのおにぎりです。

一つ目のおにぎりはあっという間になくなりました。お皿に残った最後のおにぎりは、いっちゃんが半分に割り、いつも通り大きい方をキヨシちゃんに差し出しました。二人は今度は一粒一粒をしっかりと噛みしめ、味わいながら食べました。おなかの中も胸の中も、ほっこりとした温かさでふくらんでいきました。

白いおにぎりを幸せそうにほおばる二人を見届けたお父ちゃんが、部屋を出て台所の前を通りかかると、おばあちゃんの押し殺すような泣き声が聞こえてきました。見ると、いっちゃんが背負ってきたリュックサックから出てきたものをにぎりしめて泣いています。

それは、お母ちゃんが着物をほどいて作ってくれた、白とオレンジの縦縞のワンピースでした。色は薄汚れ、白もオレンジもわかりません。裾はぼろぼろになっていました。

ここまでの道中が二人にとってどれほど過酷なものだったのか、このワンピース一枚が全てを物語っていました。

その晩、いっちゃんは久しぶりにソウ兄ちゃんにお風呂に入れてもらうことになりました。いっちゃんは脱衣所で巾着袋を首からはずしました。通化を出る朝、お母ちゃんが首にかけてくれた巾着袋です。あの朝から肌身離さず、お守りとして大切に首にかけてきました。着物のハギレで作ってくれたひもの部分は、うす汚れて柄がわからないほどになっていましたが、いっしょに引き揚げを共にした巾着袋にいっちゃんは深い愛おしさを感じていました。お母ちゃんの形見となった巾着袋を、いっ

ちゃんはたたんだ服の上に大事そうに乗せ、洗い場に入っていきました。

「いっちゃん、きれいにしてやるからな。」

ごしごしとソウ兄ちゃんに体や髪を洗ってもらい、何年か分の垢を落としました。垢といっしょに、終戦からの辛い辛い体験や長旅の疲れが流れ去っていくようでした。さっぱりしたいっちゃんは、ゆっくり湯船につかりながら、一年以上もこんなにのんびりした温かい気分を味わったことがないことに、ふと気づきました。幼稚園のころにはお風呂の中で元気に歌を歌っていたいっちゃんですが、この晩は天井から落ちる水滴の音や薪がはぜるぱちぱちという音に耳を澄ませ、ひざを抱えてじっと静かに座っていました。水面から立ち上る湯気をぼーっと見ていると、体のあちこちが温かいお湯の中に溶けていくような感じでした。同時に喜びと安心感がこみ上げてきて、涙が頬を伝いました。ソウ兄ちゃんに気づかれまいと、いっちゃんは慌ててお湯で顔を洗いました。

お風呂から出ると、おばあちゃんが用意してくれた糊のぱりっときいた寝巻きを着せてもらいました。こんな清潔な衣服を身につけるのは、本当に久しぶりのことです。おじいちゃんに先にお風呂に入れてもらったキヨシちゃんは、いつのまにか髪も刈ってもらってさっぱり。今までのみすぼらしい姿とは打って変わって、こざっぱりとした六才の男の子に戻っていました。部屋には、お父ちゃんの布団の両脇にいっちゃんたちの布団が敷かれていました。一カ月もの長い間、歩き疲れて野宿をしながら、そして、船の硬い床板に寝転びながら、いつかまたふかふかの布団に寝られる日のことをずっと夢見ていました。

お日様の匂いのする布団に横たわったいっちゃんは、仏壇から微笑むお母ちゃんの写真に目をやりました。

「お母ちゃん、私たち、帰って来たんだよ。がんばったよ。お母ちゃんがお空からずっと見守ってくれていたんだね。ありがとう。会いたい、お母ちゃんに会いたい……お母ちゃんの温かいお手々をにぎって眠りたい……お母ちゃんの優しい香りのするほっぺに顔をくっつけて眠りたい……お母ちゃん……。」

眠りに落ちていくいっちゃんの目尻から、すーっと一筋、涙が伝い落ちました。

いっちゃんとキヨシちゃんが無事に静岡に戻ったこの日、終戦から一年以上たった昭和二十一年十月十三日、いっちゃんたちにとっての戦争がついに終わりを告げたのでした。

平成二十八年（二〇一六年）正月：静岡

エピローグ

エピローグ

「これが、ばぁばが『いっちゃん』って呼(よ)ばれていたころのお話。」

じっと聞いていたこどもたちは、だれ一人何も言いません。

「ばぁばはね、もうだれにもあんなに辛(つら)い思いを味わってほしくない。ずっとずっと平和で幸せに暮(く)らせる世界であってほしい。それがばぁばが心から願っていることだよ。」

ばぁばは立ち上がると、たんすの引き出しから何やら出してきました。

「これが、ばぁばのお母ちゃんだよ。」

「いっちゃんのお母ちゃん……。」

一枚の写真を見ながらつぶやいたカイ君の手に、ばぁばが色あせたお手玉を二つ乗せました。

カイ君はお手玉をそっと手のひらの上で転がしてみました。

シャリッ。

小豆が小さな音を立てました。

「家族に会いたい一心で引き揚げて来て、あれから七十年。今こうしてかわいい孫たちに囲まれて幸せに暮らせている。お母ちゃんが、きっと、ずっと天国から見守ってくれているんだろうねぇ。」

ばぁばはカイ君の手のひらのお手玉を指でなでながら、そっと目を閉じました。


ばぁばのまぶたの奥には、辺り一面たんぽぽの咲き広がる野原に、シゲちゃんと赤ちゃんを抱いたお母ちゃんが優しく微笑んでいました。

（了）

〈感謝にかえて〉

満州から引き揚げて今年でちょうど七十年、当時十才だった私も八十才を迎えます。

とても静かな平穏な日々、私は今とても幸せです。澄み切った青空、緑の木々、小鳥のさえずり、野辺に咲く花々、昔から何も変わっていないのに、この年になってその美しさを深く深く感じられるようになったような気がします。

そんな美しい自然を味わいながら目をつぶると、満州のコウリャン畑やとうもろこし畑、谷間を飛び交う青い火の玉、道ばたに転がる死体、野宿で寝ころんで見上げた星空、荒れる海と甲板に打ちつける波しぶき……当時の情景が今でも断片的に浮かんできます。

十才の私と六才の弟、幼いこども二人が無事に静岡まで帰りつくことができたのは、道中、親切な皆さんに助けられ、守られてきたお陰です。七十年たった今、この場をお借りして、心からお礼を申し上げます。

この本を出版するにあたり、久しぶりに自分の過去と真正面から向き合うことになりました。そして、胸の奥深くに眠っていた戦前・戦後の辛かったこと、苦しかったこと、そして悲しかったことが次々とよみがえってきました。「もし戦争がなかったら」と狂わされた人生を恨み、「もし、お母ちゃんが生きていてくれたら」と悔しく切ない思いにかられ、そのたびに涙が頬を伝いました。でも、この本を世に出すことで、全てが浄化され、本当の意味で私の中の戦争がやっと終わってくれるような気がしています。

「戦争」というたった二文字がもたらす犠牲の大きさ、傷の深さ……当時のことを思い出すと、胸が痛く、苦しく、涙が出て止まりません。戦争というものは、「苦しみ」や「憎しみ」は生み出しても、決して「幸せ」をもたらしてはくれません。戦争によって、たくさんの尊い命が失われます。過去の戦争における多くの犠牲者のもと生かされている私たち、亡くなった多くの命のもとに今の平和があるということを決して忘れてはいけないのです。私は、人間にしか与えられていない「話し合う」という知恵を使って、武器を持たない世界平和のために、戦争の残酷さを語り伝えていかなければならないと、今、心から思っています。

この本を読んでくださったみなさんが、学校で、家庭で、社会で、世界で、どうぞ「世界平和」を訴え続けてくださいますように……。

祖国日本の土を踏むことなく亡くなった方々をしのび、その方々の分まで幸せを願い、感謝して生きていきたいと思います。

この本を出版するにあたり、ペンコムの増田さんや(株)宙の栗栖さんなど、多くの方々にご協力・ご支援をいただきました。みなさんのお力添えのおかげで、このたび出版までこぎつけることができました。感謝の気持ちで胸がいっぱいです。

そして最後に、わが子、泉によせて。

七、八年前からことあるごとに「お母さんの体験を本にして残そう。自分たちこども三人分だけでもいいから」と言ってくれている中、ずっと踏み切れずにいました。

二〇一四年六月、私の第二の祖国、満州への旅を泉が計画してくれました。六十八年ぶりに一家が実際に住んでいたところを訪れ、山頂にある寺にお参りし、涙にくれながらも、生きているうちに来られたことに「心からありがとう」の思いでいっぱいでした。

満州への旅をきっかけに、泉は、これまで以上に、戦争に関する本を借りたり買ったりして読みあさり、あちらこちらへ連絡をして、引き揚げ当時の資料を取り寄せ、コンピューターで調べ、私や親戚に取材をし、事実を確かめながら、ついに一冊の本にまとめてくれました。

七十年後に、このような日が訪れるとは思いもよらないことでした。

泉、心からありがとう。感謝の思いでいっぱいです。
これからも平和の大切さを一人でも多くの人に伝え続けていってください。
今一度、愛をこめて、心からありがとう。
深い祈りと明るい希望をこの本にのせて。

平成二十八年八月
故郷　静岡にて
望月　郁江（いっちゃん）

〈あとがき〉

主人公のいっちゃんこと、望月郁江は私の母です。

母は私が幼いころから、満州時代や引き揚げの話を聞かせてくれていましたから、戦後二十年以上もたって生まれた私にとっても、満州や引き揚げという言葉はとても身近なものでした。

日中国交が回復した一九七二年を機に、中国残留孤児の肉親さがしが始まりましたが、残留孤児に関する報道がテレビで放映されるたびに、母は自分と重なってしまうと言って、涙ぐみながらテレビを消していたのを覚えています。

この本では、いっちゃんが静岡に無事に帰還したところで終わっていますが、引き揚げ後、ゼロから再出発したいっちゃん一家は、満州時代とはまた別の辛い生活を強いられました。いっちゃんは肋膜を患って半年間も寝込み、お父ちゃんは途方に暮れた末に海岸で自殺未遂、引き揚げ者に対する学校や地域でのいじめも激しく、父親の再婚に伴う家庭内でのいざこざも人並みではなく、いっちゃんの十代は我慢我慢の毎日でした。

私が大学で中国語を学び始めたのも、いつかは母といっしょに旧満州を訪れたいという思いからでした。その後、アメリカの大学院に進み、国際結婚をし、夫の仕事で、インドネシア、カナダ、パキスタンといった国々に転勤し、その間、出産、子育てと年月が流れる間も、「母と満州を訪れたい。母の暮らした満州を見たい」という思いを抱き続けていました。

そして二〇一四年の初夏、タイミングよく夫の北京への転勤が決まり、ついにその夢が実現したのです。

母と私に加え、父、夫、次男と五人で、旧満州地方に向かい、まずはいっちゃん一家が住んでいた通化市を訪れました。

旧日本人街の面影は全く残っていませんでしたが、地元のガイドさんに調べていただき、いっちゃんたちの住んでいた家があった辺りを散策し、文中にも登場する渾江を眺め、最後に玉皇山にあるお寺にお参りに行きました。そのお寺の境内で中国式の太くて長いお線香を買い求め、みんなでお祈りを捧げました。

三十三才で亡くなったお母ちゃん、消化不良で亡くなったシゲちゃん、そして生後間もなく亡くなった無名の赤ちゃんに向かって、手を合わせながら母は言ったそうです。「六十八年たってやっと迎えに来ることができたよ。みんなでいっしょに日本に帰ろうね。」

通化市訪問のあと、今度はバスで集安という中国と北朝鮮の国境にある小さな街に向かいました。この国境には鴨緑江という川が流れ、「お父ちゃん」が建設に携わった橋が現在も使われています。川辺で橋を眺めながら、母は八十五才で他界した父親へ思いをはせ、再び手を合わせました。

玉皇山で手を合わせる
「いっちゃん」

玉皇山の山頂から見下ろした
現在の通化市内

鴨緑江に架かる橋
対岸は北朝鮮

この旅行をきっかけに、母の引き揚げ体験を本にしたいという気持ちが更に高まりました。

大空襲や原爆や特攻隊の話ではありませんが、日本から離れた満州というところでも、日本人がまた別の形で過酷な戦争を体験していたという事実を、もっと多くの人に知ってもらいたいと思ったからです。また、第二次世界大戦という大惨事が次第に忘れ去られてしまわないためにも、体験談を語り継いで、平和の大切さを訴えていく必要があると思ったからです。このような悲惨な事実があったことをしっかり胸に受け止めることが、これからの世界平和に繋がると信じています。

母に私の意向を告げながら、是非、挿絵を描いてくれないかと話を持ちかけると、絵など描いたことのない母ですが、胸の奥に大切にしまってあった当時の情景を思い出しながら一気に描きあげてくれました。思い出すことで、胸が苦しくなったり、涙があふれ出たこともあったようです。

「まるでこどものように泣きじゃくりながら描いていた。」と父から聞き、辛い思いをさせてしまったと後悔する私に、母は言ってくれました。

「これを後世に伝えていくことが、自分に与えられた使命なのかもしれない。」と。


この本は、私が母に取材し文章を書き、母が挿絵を描くという共同作業で出来上がりましたが、私には、天国にいる会うことのなかった祖母、つまり、いっちゃんの「お母ちゃん」がずっと見守ってくれていたように思えてなりません。まさに親子三代で作り上げた一冊だと思っています。

また、日本の土を踏むことなく、満州や船上で亡くなった多くの日本人の魂もこの一冊に込めさせていただきました。

この本がこの世に生まれたきっかけとなったのは、株式会社・宙（そら）の栗栖佳子先生のコーチングセミナーでした。そのセミナーで背中を押していただいたおかげで私の執筆活動が始まり、そして、ペンコムの増田さんに出会うご縁までいただきました。増田さんは、全面から私の原稿を受け止めてくださり、名もない親子の本の出版に大きなコミットをしてくださいました。お二人には心から感謝しております。また、デザイン全般を担当してくださったワークショップ・トムスの宮田さんをはじめ、下書きの段階から原稿に目を通しながら応援し続けてくれた大親友の山本洋子さん、また、細部にわたり指導してくださった小学校時代の恩師・福田先生、どうもありがとうございました。それから、家族の引き揚げに関する資料を用意して送ってくださった厚生労働省社会・援護局（援護企画課中国残留邦人等支援部）の担当の方、お電話で親切に対応してくださった浦頭引揚記念資料館のスタッフの方、また、胸の奥にかすかに残る記憶をシェアしてくれた叔父や叔母、ご協力どうもありがとうございました。

最後に、お母さん。私の念願だった、お母さんの引き揚げ物語の出版に同意、協力してくれてありがとう。辛い過去を思い出させ、時には苦しい思いをさせてしまったこともあったけれど、お母さんと二人三脚で作りあげたこの一冊を前に、大きな充実感と深い幸せに浸っています。今年は、いっちゃん一家の引き揚げ七十周年にあたります。記念すべき節目の年に、これは八十才になるいっちゃんへの贈り物です。

精一杯駆け抜けてきた、いっちゃんの八十年の人生に乾杯！

そして、これからの人生にも乾杯！

平成二十八年八月　　望月　泉

＜参考文献＞

『少年は見た―通化事件の真実』（佐藤和明・新評論）

『朱夏』（宮尾登美子・新潮文庫）

『通化事件―〝関東軍の反乱〟と参謀・藤田実彦の最期』（松原一枝・チクマ秀版社）

『満州からの引揚げ　遥かなる紅い夕陽』（森田拳次・平和祈念事業特別基金）

『在外邦人引揚の記録―この祖国への切なる慕情（１９７０年）』（毎日新聞社）

お日様の光に輝き
青空に描かれた平和の文字
雲にのって世界をまわる
子供達の笑顔、風船にのって世界をまわる
一つ、二つ、三つ、どんどんふえる
描かれた平和の文字
戦争がないからみんな幸福な笑顔
憎しみ、悲しみ、苦しみの涙はいらない
ほしいのは喜こび幸福の笑顔だけ
みんなで語ろう幸福を
みんなでつなごう手と手を

大きな　大きな　虹にみんなでのろうよ
世界中　笑顔一杯
戦争のない平和
子供の笑顔を消さず
子供の涙を見ず
みんな喜び一杯の世界平和
戦争のない世界。
　みんなの願い
　笑顔一杯　世界に広がる

望月郁江

著者　望月　泉（もちづき　いずみ）

1966年、望月郁江の長女として静岡市に生まれ育つ。アメリカの大学院で中等教育学を学び、卒業後はアメリカの州立大学で日本語を教える。国際結婚をし、夫の転勤でワシントンDCを拠点にインドネシア、カナダ、パキスタン、中国などに駐在。幼い頃から聞いていた母親の引き揚げ話を、1冊の本にまとめるという長年の思いを実現。2児の母。

絵・主人公　望月郁江（もちづき　いくえ）

1936年（昭和11年）静岡市生まれ。1943年国民学校入学を機に、設計技師だった父親の仕事の関係で、父、母、妹、弟と満州の通化市に渡る。9歳で終戦をむかえ、翌1946年9月3日、10歳の時に日本へ引き揚げるため、6歳の弟を連れ、2人で通化市を出発。故郷の静岡に着いたのは、5週間後の1946年10月13日だった。その後、3人の子供、5人の孫に恵まれ、現在は夫と共に静岡市で平穏に暮らしている。

お母ちゃんとの約束

2016年10月11日　第1刷発行
2017年 2 月25日　第2刷発行

著　者　望月 泉
発行者　増田 幸美
発　行　株式会社ペンコム
〒673-0877　兵庫県明石市人丸町2-20　http://pencom.co.jp/
発　売　株式会社インプレス
〒101-0051　東京都千代田区神田神保町一丁目105番地
TEL：03-6837-4635（出版営業統括部）
印刷・製本　シナノ書籍印刷株式会社
デザイン　デザイン工房TOM'S　宮田 勉
ルビ指導　大江平次

■本の内容に関するお問い合わせ先　ご意見・ご感想をお寄せください。
株式会社ペンコム
TEL：078-914-0391　FAX：078-959-8033　office@pencom.co.jp

■乱丁本・落丁本のお取替えに関するお問い合わせ先
インプレスカスタマーセンター
TEL：03-6837-5016　FAX：03-6837-5023　info@impress.co.jp
乱丁本・落丁本はお手数ですがインプレスカスタマーセンターまでお送りください。
送料弊社負担にてお取り替えさせていただきます。但し、古書店で購入されたものについてはお取り替えできません。

■書店／販売店のご注文窓口
株式会社インプレス 受注センター　TEL：048-449-8040　FAX：048-449-8041

ISBN：978-4-8443-7746-7　C8095